Ludwig Scheyrer

Antonio Perez

Trauerspiel in fünf Akten

Ludwig Scheyrer

Antonio Perez

Trauerspiel in fünf Akten

ISBN/EAN: 9783743314412

Hergestellt in Europa, USA, Kanada, Australien, Japan

Cover: Foto ©Andreas Hilbeck / pixelio.de

Manufactured and distributed by brebook publishing software (www.brebook.com)

Ludwig Scheyrer

Antonio Perez

<small>Den Bühnen gegenüber Manuscript.</small>

Antonio Perez.

Trauerspiel in fünf Acten

von

Ludwig Scheyrer.

Personen:

König Philipp II.
Don Antonio Perez, sein Günstling und Staatssecretär.
Don Matheo Basquez, Staatssecretär.
Graf von Cifuentes, } Kämmerlinge.
Marques de la Fabara, }
Don Pedro de Escovedo, Secretär des Prinzen Don Juan d'Austria.
Don Martin de Escovedo, Sohn Escovedo's.
Don Luis de Montijo, Hofalcalde.
Don Gregorio de Laguna, spanischer Grande.
Don Tiberio Angolado, Corregidor von Madrid.
Tita Juana, Perez's Gattin.
Carlota, ihre Duenna.
Anna Mendoza, Herzogin von Francavilla.
Bernarda, ihre Vertraute.
Godo, Perez's vertrauter Diener.
Ruy, Basquez's Diener. (Stumme Person.)
Erster }
Zweiter } Bürger von Madrid.
Dritter }
Ein Pförtner von Escovedo's Hause.
Granden, Höflinge, Volk, Soldaten, Dienerschaft u. s. w.

Die Handlung spielt im Jahre 1578 zu Madrid.

Erster Act.

Cabinet im königlichen Palaste mit einer Mittel- und zwei Seitenthüren. Links ein Arbeitstisch für den König, daneben ein kleinerer für den Secretär. Stühle u. dgl. Die Seitenthüre links ist eine Tapetenthüre.

Erste Scene.

Graf von Cifuentes. Marques de la Fabara. Zuletzt Perez und Escovedo.

Marques. Sie freu'n sogar der Stille sich, die jetzt
An unser'm Hofe herrscht?
Graf. Gewiß; nach Stürmen
Dünkt uns ein heit'res Wetter doppelt schön.
Marques. Das sind nicht stille, sonnenhelle Tage,
Wie Spaniens Himmel sie so reichlich spendet.
In trüber Trägheit schleichen hier die Stunden,
Es lagert dumpfe Schwüle fort und fort,
Und mahnt uns stets an neue Ungewitter.
Graf. Sie seh'n zu schwarz, Marques; wohl schließt der König
Sich mehr noch ab, —
Marques. Ja wohl, und mehr als sonst
Ist mündlicher Verkehr mit Bann belegt, —
Die Schrift nur gilt, denn was geschrieben, bleibt,
Indeß wie leere Luft das Wort zerflattert.
Graf. Doch herrscht noch stets die alte Art und Weise;
Der König einfach und wir Andern prunkhaft.
Marques. Und zwar mit Fug und Recht, weil er es wünscht.
Graf. Der König rastlos mit dem Wohl des Staates
Und mit des Glaubens Festigung beschäftigt,
Marques. Und wo wir schaudern, geht sein Puls nicht schneller.
Graf. Die junge Königin, ein holder Stern,
Der durch die stille Weite freundlich leuchtet.
Marques. Den zu erschaun, doch selten nur gelingt.
Sie sind ein Günstling des Geschickes, Graf;
Sie halten immer Rosen in den Händen,
Und bleiben unverletzt von allen Dornen.
Graf. Sie machen es verkehrt, Marques,
Sie achten
Der Dornen nur und überseh'n die Rosen.
Nicht Tage nur, auch Stunden muß man nützen,
Das Leben ist so kurz und lang der Dienst.
Marques. Der Dienst? — nicht der bei Seiner Majestät, —
Graf. Je nun, wir dienen auch ein wenig noch
Dem königlichen Günstling und ein wenig —
Der königlichen Freundin —
Marques (ängstlich). Still, o still!
An dies Geheimniß nicht gerührt! —
Ja, ja,
Dieß Zimmer sonst der Schauplatz unsres Wirkens,
Ist eine fremde Welt für uns geworden.
Es schlug hier seinen Wohnsitz Perez auf,
Mit seinem Ehrgeiz, seinem Uebermuth;
Und was in fernen Landen keimt und sprießt,
Hier wird davon der Samen ausgestreut.
Graf. Ei, wenn des Königs Bruder, Don Juan,
Der Niederlande Schicksal und sein eig'nes
In Perez's Hände legt; wenn selbst ein Alba, —
Wie gestern bei der Tafel es geschah, —

Den Hochmuth Don Antonio's ruhig
  hinnimmt,
So dürfen doch auch wir uns glücklich
  preisen,
Die Hüter dieses Heiligthums zu sein.
  (Deutet auf das Zimmer.)
Man kommt.
Marques (bitter). Das heißt, wir müssen
  fort. Dafür
Will draußen streng ich meines Amtes
  walten.
Escovedo (kommt rasch durch die Mittel-
  thüre).
Perez (hinter Escovedo eintretend).
Marques und Graf (sich verbeugend ab
  durch die Mittelthüre).

Zweite Scene.
Escovedo. Perez.
Perez. Bei Gott, Don Pedro, diese
  Sturmeseile!
Was wollen Sie damit?
Escovedo. Dem König zeigen,
Daß Flanderns Sache rasche Hilfe
  fordert.
Perez. Man merkt es, Freund, Sie
  weilten schon zu lange,
Zu Brüssel in der Niederländer Mitte,
Und haben drum vergessen, wie man
  hier,
Am Hofe zu Madrid verfahren muß,
Um vor des Königs Antlitz zu gelangen.
Escovedo. Ich that nach Ihrem Rath
  und stellte schriftlich
Dem König wiederholt den Stand der
  Dinge
Mit allem Nachdruck vor. Bisher —
  vergebens.
Perez. Vergebens? Wie? Erhielten Sie
  nicht Antwort
Auf jeden Brief?
Escovedo. Jawohl, aus Ihrem Mund.
Perez. Nicht leerer Schall sind meine
  Worte, Freund,
Vielmehr ein ganz getreuer Wieder-
  hall

Von meines Königs Willen und Ge-
  sinnung, —
Ich darf es, ohne mich zu rühmen, sagen.
Escovedo. Ich weiß; doch ich darf
  schreiben nur dem König,
Obwohl ich hier mich zu Madrid
  befinde,
Und Seine Majestät fast täglich sehe.
Perez. Nur zwanzig Schritte fern, doch
  die, Sennor,
Die können Sie für zwanzig Meilen
  rechnen.
Escovedo. Jetzt aber bin ich ganz in
  seiner Nähe.
Perez. Sehr wahr; an meiner Seite
  gingen Sie
Durch alle Vorgemächer ungefährdet,
Und nebenan befindet sich der König.
Nun denn, versuchen Sie, ob ohne mich
Sie lebend über jene Schwelle kommen.
  (Zeigt auf die Seitenthüre rechts.)
Escovedo. Wohlan, so melden Sie
  mich an.
Perez. Ich darf nicht.
Escovedo. So harr' ich, bis er hier
  vorüberkommt —
Perez. Und haben dann Ihr ganzes
  Spiel verloren.
Escovedo. Es muß ein Ende nehmen
  dieses Zögern.
Seit Wochen schon verweil' ich in
  Madrid,
Mein edler Prinz spornt mich zur
  größten Eile,
Und was that ich bisher für ihn? —
  O Schmach!
Ich schrieb an König Philipp ein'ge
  Briefe,
Dafür bekam ich nur aus Ihrem Munde
Vertröstungen, die keinen Trost ge-
  währen.
Doch zur Audienz mit Seiner Majestät
Gelang es Ihnen noch nicht mich zu
  bringen.
Und dennoch setzt der Prinz in Ihre
  Macht
Am hiesigen Hof das festeste Vertrauen.

1*

Perez. Wohl nicht mit Unrecht, denn bald wird sich zeigen,
Was ich an Philipps Hof für ihn gethan,
Und leuchtender als je wird seine Huld
Auf mich, den treuen Diener, niederstralen.

Escovedo. Und auch die Herzogin, so nahe mir
Verwandt, scheint mich beim König nicht zu fördern.

Perez. Gleich mir verlor sie keinen Augenblick.
Es weiß der Prinz, daß unsere Partei
Ihn jetzt schon als ihr glorreich Haupt betrachtet,
Bei dessen Nicken Alba's Widerstand
Gleich Seifenblasen in ein Nichts zerplatzt.

Escovedo. Noch immer treibt der blutgetränkte Herzog
Den König an zu schonungsloser Strenge.

Perez. Zum Glück ist Philipp langsam, unentschlossen.

Escovedo. Drum müssen wir rasch und entschlossen handeln,
Und so dem Einfluß unf'rer Gegner steuern.
O, wäre Pasquez doch, mein edler Vetter,
Der sich als treuer Freund mir stets erprobt,
Auch in der Politik mir gleichgesinnt,
Er hätte mich schon längst an's Ziel gebracht!

Perez. Statt dessen warnt er Sie vor mir, vor mir,
Dem einz'gen treuen Freund am Hofe hier,
Und weil der volle Strahl von Philipps Gunst
Mein Haupt verklärt und ihn der Schatten trifft,
Läßt Groll und Neid ihn and're Pfade gehen.

Escovedo. Sie haben zwar den besten Willen, Perez,
Doch, fürcht' ich, allzu große Scheu vor Philipp.
Ein ungestümes Schach muß man ihm bieten,
Im Sturme sein Gewähren sich erobern.

Perez (lächelnd). Vortrefflicher Gedanke!

Escovedo (eifrig fortfahrend). Ja, schnell fassen,
Einschüchtern und erschrecken muß man ihn.

Perez (ironisch). Natürlich, ja, so muß es gehn. — Ei herrlich! —
Sie kennen unsern König doch, Don Pedro,
Und halten sein Gemüth für lock'res Erdreich!
Wo ich seit Monden mühsam Furchen ziehe,
Da halten Sie schon Alles reif zur Ernte. —
Schnell fassen Philipp, ihn, der seine Blicke
Auf ganz Europa stets gerichtet hält?
Erschrecken König Philipp, ihn, der, als man
Den Sieg ihm bei Lepanto meldet, ruhig
Und ohne seinen Schritt zu ändern, spricht:
„Mein Bruder, Don Juan, hat viel gewagt."
Ein solcher Herrscher gleicht nicht andern Fürsten,
Die bange sich jedwedem Windhauch neigen,
Der von den Lippen eines Höflings weht,
Hier müssen Sie mit anderm Maße messen;
Vertrau'n Sie mir, ich weiß, wie er zu fassen.

Escovedo. Es muß etwas gescheh'n, der Prinz mahnt dringend
Zur Rückkehr mich nach Flandern.

Perez. Ruhig, ruhig!
  Gleich sprech' ich mit dem König.
Escovedo. Geben Sie
  Ihm diesen Brief.
Perez. Jetzt nicht.
Escovedo (mit äußerster Zudringlichkeit).
  Ich bitte Sie.
Perez. Nun denn. (Nimmt den Brief.)
(Es öffnet sich die Seitenthüre rechts, man
  sieht Wachen und Hofleute.)
Perez. Der König kommt. Hinweg, hinweg! (Drängt Escovedo zur Mittelthür.)
Escovedo (ab durch die Mittelthüre).

Dritte Scene.

Perez. Philipp (von rechts eintretend).

Philipp (winkt dem Gefolge zurückzubleiben; zu Perez).
  Ist der Vertrag mit Schweden ausgefertigt?
Perez (nimmt ein Papier aus einer Mappe
  und überreicht es halb knieend).
  Hier, Euer Majestät!
Philipp (liest still und sagt für sich).
  Ganz nach Befehl;
  Er faßt schnell auf, geht leicht auf Alles
    ein. (Gibt Perez das Papier
    zurück.)
Perez. Nebst Seeland, Jütland und den
    dän'schen Inseln
  Wird auch der Sund mit Spanien vereinigt,
  Sobald das schwache Dänemark bezwungen.
  So wird zugleich durch eine mächt'ge
    Klammer
  In Flandern auch das Ketzerthum erfaßt,
  Dem einer Hydra gleich stets neue
    Köpfe wachsen.
Philipp. Doch wird auch niemals unser
    Arm ermüden,
  Sie fort und fort sogleich herabzuschlagen.
  Was habt Ihr da? (Auf den Brief
    zeigend, den Perez in der Hand
    hält.)
Perez. Ein Schreiben Escovedo's.
Philipp. Ich weiß, was es enthält,
    darum auf später.
  Vor Allem die Depeschen.
Perez (Papiere zeigend). Hier, Sennor,
  Aus London, Wien, Paris, Neapel
    Mailand;
  Dies die Originale, dies die Copien,
  Für den Gebrauch des königlichen
    Rathes
  Zweckmäßig abgeändert.
Philipp. Kam auch Alles,
  Was uns zu wissen nur geziemt,
    hinweg?
Perez. Ich schmeichle mir, in diesem
    Punkt genau
  Die Ansicht Eurer Majestät zu kennen.
Philipp. Ihr habt viel Selbstvertrau'n.
  Nicht meine Ansicht,
  Ihr braucht nur Euer Amt genau zu
    kennen.
Perez (eifrig). Um meines Königs Gunst
    zu werben, ist
  Mein Amt, und sein Vertrau'n mein
    höchster Lohn.
Philipp. Ihr seid noch jung und müßt
    viel ruh'ger werden.
Perez. Verzeihung, gnäd'ger Herr, daß
    mich die Freude,
  Wenn etwas mir gelingt, zu sehr dahinreißt.
  Es gibt kein schön'res Loos, als in dem
    Licht
  Der Majestät zu wandeln, und zu baden
  Im Quell der königlichen Huld und
    Gnaden.
Philipp. Die Herrscher sind an Gottes
    Statt auf Erden,
  Wer ihnen dient mit Demuth und mit
    Treue,
  Der dient auch Gott, dem Fürsten aller
    Fürsten.

Perez. Dieß weiß ich wohl, Sennor. Mit gold'nen Lettern
Hab' ich's in meine junge Brust gegraben.
Und wie das Eisen in der Esse Flammen,
So glüht mein Herz im Drange des Verlangens,
Zu zeigen, daß mir meines Königs Lob
Mehr gilt als jedes and're Erdengut.
Philipp. Zu loben ist, wer ohne Zögern thut,
Was ihm sein Fürst gebeut, ob auch sein Leben,
Sein Hab' und Gut, sein Weib und seine Kinder,
Ja, seine Ehre selbst zum Opfer fallen.
Nun aber Escovedo's Brief. (Liest.)
Sehr kühn! (Liest weiter.)
Wie, Toleranz? Die wagt er zu empfehlen?
(Zerreißt den Brief.)
Verdorren sollte jede Christenhand,
Die ohne Abscheu dieses Wort geschrieben,
Verstummen jeder Mund, der es gesprochen!
Verdorben wird die reine Glaubensluft
Schon durch den bloßen Schall, den es erregt.
Viel Unheil wär' der Erde ferngeblieben,
Hätt' es den Tag von Augsburg nie gegeben.
Von dort drang dieses Wort durch ganz Europa;
In Spanien selbst merk' ich die böse Wirkung.
Perez. Doch meinte Seine Heiligkeit, der Papst,
Es drohe nicht die mindeste Gefahr.
Philipp. Es geht in Spanien so Manches vor,
Was vor dem Blick des Papstes sich verbirgt.
Nicht nur die Laien seh' ich häufig straucheln,
Auch in so manchem Orden schon gewahr' ich,
Daß man Clausur und Observanz verletzt.
Ein Mönch jedoch, der Frömmigkeit nicht hat,
Noch regen Sinn für seine heil'gen Studien,
Der thäte besser, als ein Maulthiertreiber
Die Pässe der Sierren zu durchziehen.
(Streng.) Ich kenn' ein Kloster nahe bei Sevilla, —
Wenn fürder noch des Papstes Langmuth säumt,
Werd' ich es jählings mit dem Eisenarm
Der heil'gen Inquisition ergreifen.
Perez. Mein gnäd'ger Herr verzeiht mir die Bemerkung,
Daß erst vor kurzer Zeit der heil'ge Vater
In einer Note bitter sich beklagte,
Daß höher noch als Petri Stuhl in Spanien
Der König seinen Thronsitz aufgerichtet.
Philipp. Es ist das erste Mal nicht, daß in Rom
Den König und den Christen man nicht sondert.
Des Papstes Segen nehm' ich an voll Demuth,
Als Christ bin ich ja jedem Bauer gleich,
Als König aber steh' ich über ihm;
Allein wenn Rom auch ohne mein Gestatten
In meinem Reich nicht eine einz'ge Bulle
Kund machen darf, bin ich doch stets bereit,
Jedweden Eingriff in die Rechte Roms
Mit aller Macht in jedem Staat zu hindern.
Ich duld' es nimmer, daß von Petri Stuhl

Auch nur ein Splitter abgeschlagen wird.
Und so wie ich, ist auch der Prinz,
  mein Bruder,
Ein strenggeschulter Katholik, das
  weiß ich.
Doch dieser Secretär! — Die Toleranz
Ist Huldigung der Ketzerei. Beim
  Himmel,
Müßt' ich verlieren alle meine Länder,
Müßt' ich mein Spanien zur Wüste
  machen,
Nicht einem Ketzer gönnt' ich drinnen
  Platz! —
Mich schaudert fast vor diesem Esco-
  vedo!
Perez. Verzeihen, Majestät, wenn ich es
  wage
Für ihn ein flehend Wörtchen einzu-
  legen.
Er ist ein guter, fester Katholik,
Nur drängt er oft zu sehr mit einem
  Vorschlag.
Philipp. Wer mich bedrängt, will mich
  zur Eile treiben,
Mich hindern, daß ich reiflich überlege.
Perez. Wenn ihn mein König selber
  hören wollte, —
Der Blick der Majestät dämpft seine
  Glut,
Auch klärt ein mündlicher Bericht oft
  schneller
Und besser auf, als hohe Actenstöße.
Philipp. Er möge kommen, doch vorher
  sich sammeln,
Wir lieben nicht, was jäh und unge-
  stüm. —
(Vertraulich.) Was ich beschloß, sagt auch
  der Herzogin. (Ab nach rechts.)
Perez (folgt dem König nach, rechts ab).

Verwandlung.

(Boudoir der Herzogin von Francavilla, üppig
eingerichtet; rechts ein Sofa, dabei Stühle,
  ein Tisch, worauf Nippsachen u. dgl.)

Vierte Scene.

Anna (auf dem Sofa) neben ihr auf einem
Schemel Bernarda (auf einer Mandoline
  spielend).

Anna. Wie spielst Du heute doch so kalt,
  Bernarda,
Ganz ohne Schwung.
Bernarda. Mich dünkt, das Instru-
  ment —
Anna. Trägt Schuld daran, nun gut, so
  soll es büßen.
(Will die Mandoline auf die Erde werfen.)
Antonio wird uns ein neues schaffen.
Bernarda (hält die Mandoline fest).
O weh, die schöne, schöne Mandoline!
Anna (läßt die Mandoline los).
Wer wird ein Ding beklagen, das
  nichts taugt!
Bernarda. Verzeihung, Durchlaucht,
  nicht das Instrument,
Auch ich nicht trage Schuld, — vielleicht
  beschäftigt
Mit etwas Ander'm sich Ihr Geist zu
  sehr. (Legt die Mandoline weg.)
Anna (gereizt). Mein Geist, mein Geist!
  — Mein Herz willst Du
  wohl sagen,
Warum auch kommt er nicht, es ist
  schon spät.
Bernarda. Um diese Zeit weilt Don
  Antonio
Beim König.
Anna. Ei, ja wohl, doch so zu säumen.
(Aufzuckend.) Vielleicht ging er schon
  heim zur jungen Gattin.
Bernarda. Die junge Gattin zählt der
  Jahre fünf
Nur weniger als meine schöne Herrin.
Ei, gnäd'ge Durchlaucht, stets sich so zu
  quälen!
Sonst klagten Sie, daß Don Antonio's
  Ehrgeiz,
Sein Drang nach Würden Ihre Liebe
  störe,
Nun scheint die Gattin wieder so ge-
  fährlich.

Anna. Gib mir das Medaillon.
Bernarda (nimmt ein Medaillon vom Tisch und gibt es Anna).
  Hier, Durchlaucht.
Anna (das Bild betrachtend). Schön!
  Wie schön! Fort, fort! Dieß Bildniß
  macht mir Furcht. (Gibt es
  zurück.)
Bernarda (legt es wieder auf den Tisch).
  Die Gattin, die vor kurzem Perez
    nahm,
  Sie hat wohl seine Hand, jedoch sein
    Herz
  Besitzen Durchlaucht ganz und gar
    allein. —
  Der König selber wünschte diese Ehe,
  Und daß der strenge königliche Freund
  Auch nicht ein Tröpfchen Argwohn
    schöpfen konnte,
  Daß sein vertrauter Bote von der
    Freundin
  Weit höher als der Freund geachtet
    würde,
  Half meine Herrin selbst dies Bündniß
    schließen.
Anna. Bedarf's der Mahnung, Unglückselige? —
  Ich selbst zerstörte meines Lebens Blüthe,
  Ich selber mußt' Antonio bereden
  Zur Ehe mit der schönen jungen Gattin.
  Sonst wär' er in des Königs Gunst
    gesunken,
  Ich selbst hätt' ihn aus meinem Hause
    weisen,
  Aus meinen Armen, ach, verbannen
    müssen.
  Nun aber durch ein unzertrennlich Band
  Ist er gefesselt, o, an eine Fremde, —
  Auch so auf immerdar von mir geschieden.
Bernarda (vertraulich, halblaut).
  Doch insgeheim auf's innigste verbunden,
  Der Gattin und dem strengen Freund
    zum Trotz.
Anna. O, diese kalte, fürchterliche Freundschaft,
  Die freilich über alle Frau'n der Erde
  Zu Macht und Herrlichkeit empor mich
    hob,
  Doch mir verwehrt, zu fühlen wie ein
    Weib!
  Hätt' ich doch Perez damals schon erschaut,
  Als hingestreckt auf ihren Knien vor mir
  Die Mächtigsten der Granden flehend
    lagen,
  Und als sich meinem Stolz ein Philipp
    selbst
  In nie empfundener Bewund'rung
    beugte,
  O, hätt' ihn damals schon mein Blick
    gefunden, —
  Die Allmacht, die man mir zu Füßen
    legte,
  Ich hätte sie gleich einem nicht'gen
    Tand
  Leicht abgelehnt und mir ein Glück geschaffen,
  Das ich vor keinem Philipp zu verbergen,
  Mit keiner Gattin, ach, zu theilen hätte!
Bernarda. Ja, damals, Durchlaucht,
    aber jetzt? — Wie? Sie,
  Des Reiches eigentliche Königin,
  Sie könnten all' die Macht, den Glanz
    entbehren?
Anna. Ich will die Macht, die Hoheit
    und den Glanz,
  Doch ohne Perez nicht! — O, dieses
    Säumen,
  Und dieses stäte maßlos lange Harren,
  Seit er vermält!
Bernarda. Nein, Durchlaucht, nein,
    noch nie
  Hat er gesäumt.
Anna (ungeduldig). Sieh, ob er noch nicht
    kommt.
Bernarda (rechts ab).

Fünfte Scene.

Anna (allein, nimmt wieder das Medaillon und besieht es).

O diese Gattin, diese junge Gattin! —
Wie ein Gespenst drängt sie sich immerdar
In meiner Liebesfreuden Paradies;
Nur wenig fürcht' ich Philipps strenge Aufsicht;
Doch ihren sanften Blick, die milde Stimme,
Die Duldermiene und die Thränenfluten,
Mit denen sie sein Herz erweicht, die fürcht' ich.
Durch das Gesetz gehört zwar Perez ihr,
Mir aber durch der Liebe Machtgebot.
Er war schon mein, als Donna Tita noch
Die Puppen herzte und zum Paladin
Für ihre kleine Welt Don Luis erkor,
Und von Antonio nicht einmal noch träumte.
Und schwor ihr Perez Treue am Altare,
Mir schwor er sie bei Mond- und Sternenschein,
Im würz'gen Dunkel des Granatenbaums.
Mein ist er, ja, mein durch den gleichen Trieb,
Des Lebens Lust in vollem Zug zu trinken,
Mein durch den gleichen Drang nach Macht und Hoheit.
(Lauscht.)
Er kommt, warum nicht auf des Königs Treppe?

Sechste Scene.

Anna. Escovedo (von links).

Anna (ihre Ueberraschung bemeisternd).
Don Pedro? wie, um diese späte Stunde,
Wo meine Freundinnen es kaum noch wagen,
Zu stören meine Witweneinsamkeit?

Escovedo. Vergebt die Kühnheit mir;
statt einer Freundin
Kommt mindestens ein treuer Freund zu Euch.

Anna. Ja, — doch ein männlicher Besuch, — Ihr wißt,
Der König urtheilt streng in solchen Fällen.

Escovedo. Mit vollem Recht; ich aber als Verwandter, —
Auch kann ich auf mein graues Haupt verweisen
Und darf der Etikette straffe Bande
Ein wenig lockern, meine schöne Base
Wird mir darob nicht zürnen.

Anna. Ganz und gar nicht.
Nun aber sagt, was führt Euch her, und jetzt?

Escovedo. Ich komme, Euren Schutz mir zu erbitten.

Anna. Ihr habt ihn stets; doch sprecht, was ist geschehen?

Escovedo. Durch kluge und schlagfert'ge Politik
Will ich des Prinzen Sache bestens fördern,
Doch kann ich nicht zur Audienz gelangen;
Denn Perez, wie mich däucht, sucht es zu hindern.

Anna. Da irrt Ihr Euch gar sehr; die Audienz,
Ihr sollt sie morgen haben, ganz gewiß.

Escovedo (überrascht). Schon morgen? morgen? wirklich?

Anna. Ja, schon morgen.

Escovedo. Nehmt meinen Dank! —
Es thut mir wirklich leid,
Euch in der Einsamkeit gestört zu haben,
Allein die Wichtigkeit der Sache drückt
Seit Wochen schon mein aufgeregt Gemüth.

Anna. Seid Ihr beruhigt nun?

Escovedo. Ja.

Anna. Das freut mich.

Escovedo. Heißt das vielleicht, ich soll jetzt geh'n?

Anna. Ach Vetter,
Solch ein Gedanke liegt mir fern.
Escovedo. Ei nun,
Ich glaube nicht, daß Ihr mir deshalb
    zürnt.
Anna. Fast sollt' ich, aber da Ihr gehen
    wollt,
Halt' ich Euch nicht zurück. Lebt wohl,
    Don Pedro!
Escovedo (mit Beziehung). Ich laß'
    Euch nun allein; die Ein=
    samkeit
Mög' Euch Erwünschtes bringen!
(Im Abgehen, bei Seite.) Wehe ihr,
Wenn mein Verdacht nicht ungegründet
    ist!   (Links ab.)

Siebente Scene.
Anna, (dann) Perez (durch eine geheime
    Thür rechts).

Anna (gegen die Thür links hin).
Erwünschtes? Ja, doch nicht so ganz
    vielleicht,
Wie eure Politik es wünschen mag;
Dem König Spaniens gilt mein Har=
    ren nicht,
Dem König meines Herzens gilt es nur.
Armseliges Gewürm die Diplomaten,
Die Alles zu durchschau'n, zu lenken
    glauben;
Wüßt' er, daß ich und Perez längst
    beschlossen,
Ihm endlich diese Audienz zu schaffen,
Es hätt' ihn wahrlich minder über=
    rascht.
Doch wo nur bleibt Antonio so lange?
    (Unruhig einige Schritte machend, dann
    horchend.)
Nun endlich hör' ich seinen raschen
    Schritt.
Perez (tritt ein).
Anna (ihn umarmend). O mein Antonio!
Perez. Endlich kam ich los.
Du kennst des Königs Art und Weise ja,
Der über Alles sich genau belehrt,
Und wenn er scheinbar fragt nach An=
    derm, nur
Dich selber immer zu erforschen trachtet.
Anna. Ich weiß; da heißt es sorgsam
    sich bewachen,
Ein schnelles Wort, die kleinste Un=
    geduld,
Ein Zwinkern mit dem Aug', ein Fin=
    gerheben, —
Und plötzlich aus den Himmeln seiner
    Gnade
Fällt man herab, bevor man es noch
    ahnt.
Perez. Dann gibt es so viel Neues in
    Europa.
Schlimm sieht es in den Niederlanden
    aus,
Elisabeth von England sendet Geld
Und Truppen den vereinigten Rebellen,
Die unsern Prinzen enger stets um=
    zingeln.
Wir dürfen Don Juan nicht fallen
    lassen,
Verdankt er's doch zumeist nur Deinem
    Wirken,
Daß ihm der König diese Stelle gab;
Fällt er, ist unser Einfluß auch ge=
    fährdet;
Drum ging' mein Rath dahin, daß man
    die Wirren,
An denen Frankreich krankt, ausbeuten
    soll.
Anna. Mög' es geschehen, doch die
    Audienz
Für Escovedo —
Perez. Morgen Abends endlich.
Anna. Er war soeben hier.
Perez. Um diese Zeit?
Anna. Ich kann ihm als Verwandten es
    nicht wehren.
Perez. Der Papst gedenkt, —
Anna. O, laß die Politik,
Der König wird mir dieses Alles sagen.
Laß uns dafür jetzt von uns selber
    reden. (Setzen sich.)
Kein zärtlich Wort sprach noch Dein
    Mund zu mir,

Und weißt Du doch, daß mir dies wichtiger,
Als all das Zeug im Norden und im Osten, (zärtlich)
Drum sag', wenn ich's auch tausendmal schon hörte,
Sag', ob Du wirklich mich allein nur liebst?
Perez. Ei, liebste Anna, wieder diese Frage.
Anna. Du suchst der Antwort diesmal auszuweichen?
(Langsam, tonlos.)
Ich wußt' es ja, daß es so kommen würde, —
Und dennoch treibt es mich zur Raserei.
(In rasch steigender Heftigkeit)
Doch weh' ihr, wenn es wirklich je geschieht;
Sie wird nicht lang sich des Besitzes freu'n.
Und flüchtet sie mit ihrer theuren Beute
Hin nach den fernsten Landen dieser Erde,
Zum eis'gen Pol, zum flammenden Aequator,
Verbirgt sich in der Höhlen tiefstes Dunkel
Und steigt hinan der höchsten Berge Gipfel, —
Ich eil' ihr nach mit nimmermüden Sohlen,
Und keine ruh'ge Stätte soll sie finden!
Perez (erstaunt) Mein Gott, was soll das?
Anna (wie zu sich kommend). Ach, vergib, Antonio,
Doch sprich, hab' ich ein Recht an Deine Liebe?
Perez. Gewiß, gewiß, das vollste, das ein Weib
An einen Mann zu stellen je vermag.
Gabst Du mir nicht das Steuer in die Hand,
Mit dem ich Spaniens Geschicke lenke?
Seitdem Du mich erwählt, ergoß das Füllhorn
Des Ueberflusses sich auf meinen Pfad,
Und Reichthum, Würden, Macht und Anseh'n
Umranken üppig unsrer Liebe Tempel.
Anna. So zog Dich nur die Dankbarkeit an mich,
Und Dankgefühl nur war es, Dankgefühl,
Das in der Liebe Fesseln Dich geschlagen?
Perez. Wie Du doch sprichst! Mich dünkt es wahrlich seltsam,
In frühern Zeiten lag Dir solches fern!
Anna. In frühern Zeiten, ach, in frühern Zeiten, —
Da gab es keine, — keine Donna Tita.
Perez (sich erhebend). Nicht weiter, weißt Du doch —
Anna (einfallend und ihn festhaltend). Kannst Du mir zürnen,
Daß schon die bloße Furcht vor dem Verlust
Mein Inn'res stürmisch aufwühlt? Kannst Du zürnen?
Perez. Nicht zürnen, aber staunend muß ich's sehen:
Die stolze Herzogin von Francavilla,
Bei der ein König Philipp Rath sich holt,
Sie kann den kleinen Trieb der Eifersucht
In sich so lange hegen, ohne Kraft,
Ihn zu besiegen?
Anna (fest). Ja, sie kann und will es.
(Zärtlich.) Nun aber fort die Wolken von der Stirne,
Und sei mir wieder gut wie sonst.
Perez (zärtlich). Wie sonst.
Vergess' ich alles doch bei Dir, was mich
In meinem Glücke stört und was im Leben
Mir Sinn und Sein in rauhe Bande schlägt.
Anna (Perez umarmend).
Nun bist Du wieder ganz Antonio!

Achte Scene.

Vorige. Escovedo (schnell mit Geräusch
links eintretend, hinter ihm) Bernarda.

Escovedo (bleibt bei dem Anblick des ku-
 ssenden Liebespaares an der Thür
 stehen).
Anna } (springen auf).
Perez

Bernarda (etwas außerhalb der Thür,
 Escovedo anfassend).
Don Pedro, um des Himmels Willen,
 hört!
Escovedo. Du mahnst vergebens, Kupp-
 lerin. Zurück! (Drängt Ber-
 narda weg und schließt die
 Thür.)

Neunte Scene.
Anna. Perez. Escovedo.

Perez (hat sich mit gezogenem Degen vor
 Anna gestellt).
 Nichtswürdiger Spion!
Escovedo (den Degen ziehend).
 Für dich, Verräther!
Perez. Das fordert Blut!
Escovedo. Das deinige zuerst. (Dringt
 auf Perez ein.)
Anna (sich zwischen Beide werfend).
 Bei allen Heiligen, o haltet ein!
Escovedo (sich auf den Degen stützend).
 Fürwahr, schaut' ich es nicht mit eig-
 nen Augen,
Als einen Lügner hätt' ich den erklärt,
Der dies von Euch erzählt, Frau Her-
 zogin!
Perez. Und wahrlich wäre besser es ge-
 wesen
Und eines edlen Ritters würdiger,
Jedweden Argwohn fern von sich zu
 halten,
Als in ein Frau'ngemach unritterlich
Gleich einem rohen Landsknecht einzu-
 dringen.
Escovedo. Im Haus der Herzogin von
 Francavilla
Hat jeder Escovedo frei den Weg.
Es fließt verwandtes Blut in unsern
 Adern,
Und uns'res Stammes Ehre muß ich
 wahren.
Anna. Was wollt Ihr thun?
Perez (verächtlich). Dem König will er's
 sagen.
Escovedo. Das will ich, Don Antonio!
Anna (spöttisch). Vielleicht
Schon morgen in der Audienz? Vor-
 trefflich!
Escovedo. Ja, in der Audienz, Frau
 Herzogin.
Perez (hebt den Degen und stellt sich Es-
 covedo gegenüber).
O nein, Sennor, nur über meinen
 Leichnam
Trägt Sie der Fuß in den Palast des
 Königs.
Anna (schmeichelnd). Mein theurer Vetter,
 hört mich ruhig an
Und sinnt Unedles nicht in blindem
 Zorn.
Ihr seid erbittert, Perez hier zu finden,
Und doch kam Perez Euretwegen nur,
Vom König hergesandt, um mir zu
 sagen,
Daß er Euch Abends gibt die Audienz,
Und daß Ihr ganz allein ihn sprechen
 dürft.
(Zu Perez.) Ist es nicht so? Red' ich
 die Wahrheit?
Perez. Bei Gott, Sennora, nur die
 laut're Wahrheit!
Escovedo. Ihr wollt mich fangen, Base,
 haltet mich
Für eine Maus, die, von des Köders
 Anblick
Entzückt, nicht Gitter und nicht Falle
 sieht.
Anna. Und Ihr vergeßt, was ich für
 Euch gethan,
Wie ich für unsere Partei stets wirkte,
Welch einen Werth mein Wort beim
 König hat,
Und welche Mühe Perez sich gegeben,

Indessen Vasquez, Euer bester Freund,
Nicht Hand noch Mund zu Euern Gun-
 sten regt.
Durch wen erhieltet Ihr den wicht'gen
 Posten
Bei userm Prinzen Don Juan?
 Durch wen?
Escovedo. Nun denn durch Euch.
Anna. Nicht wahr, durch mich? Doch
 weiter.
Bot ich nicht allen meinen Einfluß auf,
Daß Don Juan, trotz Alba's Wider-
 stand,
Der Niederlande Gouverneur geworden?
Escovedo. Fürwahr, Frau Herzogin,
 das thatet Ihr.
Anna. Und weil der Prinz nun lang'
 schon Gouverneur
Und Ihr sein Secretär seit langer Zeit,
So glaubt Ihr meiner nicht mehr zu
 bedürfen
Und haltet Perez für entbehrlich auch;
Nun geht nur hin zum König, schmäht
 uns Beide,
Und gründet neu des Herzogs Alba
 Macht.
Nur das bedenkt, daß mein und Perez'
 Fall
Dem Prinzen Don Juan zwei Stützen
 raubt.
Escovedo. Ihr habt nicht Unrecht.
Anna. Ueberlegt es wohl.
Der Pfeil, mit dem Ihr uns zu töd-
 ten sucht,
Verwundet tief auch Euren edlen
 Prinzen.
Perez. So sehr verirrt sich blinder Rache-
 trieb,
Daß er sogar des eig'nen Herrn nicht
 schont.
Escovedo. Sennor, nicht also ist es,
 denn mein Prinz
Gilt mir nach Gott auf Erden für das
 Höchste,
Und Alles will ich thun, um ihm zu
 nützen

Auf seines Ruhmes strahlenreicher
 Bahn;
Und mehr als je kann ich dies jetzt be-
 währen. —
Als ich vorerst von hinnen ging, da
 sah ich
Am Thor im Dunkeln einen Schatten
 gleiten.
Er huscht' herein, ich glaub' ihn zu er-
 kennen,
Ein schrecklicher Verdacht macht mich
 erbeben.
Um mich von dieser Qual schnell zu
 befreien,
Hielt ich's für's Beste, mir Gewißheit
 schaffen, —
Nun hab' ich unumstößliche Gewißheit!
Allein ich will vergessen, daß der König
Von seinem Liebling, seiner einz'gen
 Freundin
Auf diese Weise hintergangen wird; —
Nur um des Prinzen willen kann ich
 es vergessen. —
(Zu Anna.) Ich kann den König also
 morgen sprechen?
Anna. Und ganz allein, so sagte Perez
 mir.
Escovedo (zu Perez). Sennor, sagt,
 ganz allein; kann ich drauf
 zählen?
Perez (vornehm kalt). Sie können; viele
 Mühe wandt' ich an,
Doch endlich ließ der König sich bewegen.
Escovedo. Sehr gut; ich will mich
 rüsten, und ich hoffe,
In dieser Audienz durch kluge Rede
Die träge Politik des Königs Philipp
In eine neue, große Bahn zu lenken,
Zu meines Prinzen und zu Spaniens
 Heil.
Perez. Dasselbe Ziel verfolg' auch ich
 seit Langem.
Anna. Nun seht Ihr, Vetter, daß der
 gleiche Zweck
Es fordert, fest mit uns vereint zu
 bleiben.

Doch stellt Ihr feindlich Euch uns
  gegenüber,
So macht Ihr Euch zum Gegner Eures
  Prinzen.
Escovedo. Das ist nur allzuwahr, Frau
  Herzogin,
Ich muß daher als Diplomat ver-
  söhnlich
Die Hand Euch bieten. (Steckt den De-
  gen in die Scheide.)
Perez (mit leichtem Spotte). Nur als
  Diplomat? (Versorgt ebenfalls
  den Degen.)
Anna (besänftigend zu Perez).
Laßt nur vorerst den Diplomaten gelten,
Er zeigt den Weg zum Frieden dem
  Verwandten.
Escovedo. So mag es sein, ich biete
  Frieden an.
(Zu Anna.) Doch wenn ich merke, daß
  des Prinzen Sache
Nicht mit dem regsten Eifer wird be-
  trieben, —
Bisher verdient Ihr meinen wärmsten
  Dank —
Und wenn ich Don Antonio noch einmal
In diesem Raum zu solcher Stunde
  treffe,
Dann üb' ich keine, keine Schonung
  mehr,
Und geb' Euch Beide dem Verderben
  preis. (Links ab.)

Zehnte Scene.
Anna. Perez.

Perez. Der übermüth'ge Thor! Er
  wähnt, daß wir
Voll zager Demuth nun ihm unterthan;
Er wähnt, daß wir ihm auf den Knien
  danken,
Wenn er uns gnädig blauen Himmel
  gönnt,
Und daß wir jammernd Schonung uns
  erflehen,
Wenn er mit seines Grimmes Blitz
  uns schreckt.

Noch gibt es Gift und Dolch für solche
  Thoren!
Anna. Bei allen Heiligen, was willst
  Du thun?
Perez. Uns vor ihm schützen, — wenn
  er uns verräth, —
Anna. Der König glaubt es nicht. Ein
  Wort von mir,
Und selbst die Wahrheit wandelt sich
  in Lüge.
Perez. In Allem, ja, doch nicht in die-
  sem Punkt.
Und wenn auch nicht der König es er-
  führe,
Wenn er es seinem Freunde Vasquez
  nur
Vertraute, dessen Haß gleich einem Tiger
Zum Sprung auf mich bereit sich immer
  hält; —
Nein, Escovedo dürfen wir nicht
  schonen.
Anna. Allein er bot ja selbst die Hand
  zum Frieden.
Perez. Ja wohl, doch drohend, mit Be-
  dingungen.
Das ist kein Wort, auf das man bauen
  kann.
Ganz anders gibt der Spanier sein
  Wort,
Wenn es als sich're Bürgschaft gelten
  soll.
Anna. Mich schaudert; nah' verwandt ist
  mir Don Pedro!
Perez. Vergessend allen Dank, den er
  uns schuldet,
Will er uns künftighin nach seiner
  Willkür
Benützen; und ich soll, weil er es will,
Als Fremdling künftig dies Gemach
  betreten?
Anna. Als Fremdling Du? aus diesen
  Worten starrt
Es mir wie eine Wüstenei entgegen.
Perez. Und nicht nur trennen, nein, er
  will uns stürzen, —
Drum, Anna, müssen wir zuvor ihm
  kommen.

Anna. Doch wenn sein Fall auch uns hinunterreißt?
Perez. Er soll nicht offener Gewalt erliegen.
(Wendet sich zum Gehen.)
Anna. O bleib', daß wir es besser noch berathen.
Perez. Mit mir allein berath' ich mich.
Anna. Nein, nein!
Antonio, nicht allzu rasch gehandelt!
Perez. Er oder ich, ein Drittes gibt es nicht! (Links ab.)
Anna (verhüllt sich das Antlitz).

(Vorhang fällt.)

Zweiter Act.

Cabinet im königlichen Palast, wie im ersten Act. Es ist Nacht, Armleuchter auf den Tischen.

Erste Scene.

Perez, Marques (im Gespräche).

Perez. Schon da? Und seine Haltung, sein Benehmen?
Marques. Voll Ungeduld, und stolz erwähnt sein Mund
Der Audienz, die zu so später Stunde
Der König ihm bewilligt haben soll.
Perez. Bewilligt, ja, Marques, und überdies
Wird ihn der König hier empfangen.
Marques. Hier,
Wo die Minister nur den Zutritt haben?
Wie? Also in geheimster Audienz?
Perez. So ist's.
Ein nächstes Mal läßt ihn vielleicht der König
Sogar durch die geheime Thür zu sich.
(Zeigt auf die kleine Tapetenthür.)
Marques. Bisher gab in dem Nebensaale nur
Der König die geheimen Audienzen.

Perez. Ja wohl, Marques; doch ward nun dies Gemach
Dazu gewählt.
Marques (wichtig). Ein großes Zugeständniß.
Perez. Nicht wahr, Marques? Ich bitte Sie daher,
Dem alten Herrn dies zu Gemüth zu führen,
Damit er ruh'ger sich verhält.
Marques. Sehr gern
Will ich dies thun, ich fühle mich beglückt,
Wenn einen Dienst ich Ihnen leisten darf.
Allein die jugendliche Ungeduld
Don Pedro's wird wohl kaum zu zügeln sein;
Er will durchaus mit Ihnen früher sprechen.
Perez. Ganz gut, ich will es auch.
Marques (höfisch bedenklich).
Jedoch, Sennor,
Wenn ihn der König hier schon finden würde, —
Perez (höfisch). Ich danke für die Warnung, Herr Marques;
Ich werde sorgen, daß es nicht geschieht.
Marques (durch die Mittelthür mit höfischer Verbeugung ab).

Zweite Scene.

Perez (allein). Voll Ungeduld? Von Siegesstolz geschwellt?
So bist du mir willkommen, Escovedo!
Ich will noch mehr des Sturms in dir erregen,
Daß üppiger sich noch die Segel blähen,
Und daß dein Fahrzeug, pfeilschnell vorwärts schießend,
Im kühnsten Lauf an einem Fels zersplitt're,
An einem Fels, der König Philipp heißt.
Mir aber beut des Königs Gunst noch Vieles,

Von dem du, Tollkopf, keine Ahnung
  hast.
Ein Herzogshut schwebt über meinem
  Haupt,
Und kann ich ihn auf meine Stirne
  drücken,
Dann — dann —, alt ist der König,
  schwach und kränklich,
Und der Infant ein zartes Knäblein
  noch, —
Gelangt in meine Hände die Regent-
  schaft,
Und ich bin Herr des größten Reichs
  der Welt.
Und meines Lebens sollt' ich mich nicht
  wehren,
Dich nicht bekämpfen, dich nicht tödten
  dürfen,
Da du doch selbst zum Streich die
  Waffe schwingst?
  (Auf und niedergehend.)
Und doch kann ich den Schauder nicht
  bemeistern,
Der wie ein Nord das heiße Blut
  durchdringt,
Denk' ich, daß noch in dieser Stunde
  sich
Zu ew'gem Schweigen seine Lippen
  schließen.
Man hat mir von Verstorbenen erzählt,
Die, durch Gewalt zum Tod gebracht,
  ihr Grab
Um Mitternacht verließen und, — er
  kommt.
(Faßt sich und geht Escovedo entgegen.)

Dritte Scene.
Perez. Escovedo.

Perez. Nun, Escovedo, was ist Ihr
  Begehr?
Escovedo. Wird mir die Audienz? —
  Die Herren da draußen,
Die lächeln still und schütteln leicht die
  Häupter.
(Heftig.) Ha, Perez, wenn Sie mich zu
  täuschen suchten!

Perez (geschmeidig).
O, lassen Sie jedwedes Mißtrau'n fahren
Nach dem, was bei der Herzogin ge-
  scheh'n.
Als Freunde wirkten wir für Sie
  bisher,
Doch gestern wurden Ihre Sclaven
  wir.
Escovedo. Um meines Prinzen willen
  freut es mich,
Daß ich so nah' am Throne Stützen
  fand,
Die mit mir stehen, mit mir fallen
  müssen.
Perez. Noch mehr: Weit über König
  Philipps Thron
Reicht Ihre Macht; vor Ihrer Stirne
  Runzeln
Muß ich und muß die Herzogin erbeben.
Escovedo. Sie haben nichts zu fürchten,
  Don Antonio,
Doch müssen Sie der großen Politik,
Die meines edlen Prinzen Ruhm und
  Ehre
Auf Adlerflügeln himmelan soll tragen,
Von ganzer Seele sich ergeben zeigen.
Perez (für sich, erbost). Ich muß! O
  Schmach und Hohn!
(Laut, geschmeidig.) Wie könnt' ich
  anders.
Escovedo. Das Maß des Eifers, den
  Sie jetzt entwickeln,
Bestimmt auch Ihrer Stellung Sicher-
  heit.
Perez (für sich, knirschend). Wie mild,
  wie gnädig, ha!
(Laut.) Bei Gott, Sennor,
Ganz Spanien will ich aus den Fugen
  heben,
Um Ihnen meinen Eifer zu beweisen. —
Schon diese Audienz, so spät und hier
In diesem Saal, trotz jener Herren
  Lächeln,
Wird Ihnen zeigen, daß ich viel
  gethan.
Der König will für Sie die straffen
  Bande

Des Ceremoniels ein wenig lockern,
Und wem der strenge Philipp dieses thut,
Mit dem will er — vertraulich sich besprechen;
Erwägen Sie und nütz'n Sie das wohl.
Escovedo. Im vollsten Maß, gewiß;
der günst'gen Stunde
Will an die Brust ich all mein Streben legen,
Es groß zu säugen für die künft'ge Zeit.
Perez. Sehr klug, bei Gott! Sie kennen unsern König,
Er spricht nicht gern, er liebt den Weg der Schrift;
Und daß auf diesem Pfad zu einem Ziele
Man nur im Schneckengang gelangen kann,
Das konnten Sie schon an sich selbst erfahren
Escovedo. Ja wohl, die Monde kamen und entschwanden,
Doch ich blieb auf dem alten Fleck bis heute.
Perez (im Tone freundschaftlicher Rathgebung). Auch das ist zu bedenken, daß der König
Nach dieser Audienz kaum eine zweite Gewähren wird.
Escovedo. Das hab' ich schon bedacht,
Und wagen muß ich einen kühnen Wurf,
Weil man nur einmal mir die Würfel reicht.
Perez. Nur nicht vergessen, daß ich Sie gewarnt;
Und doch, — fast möcht' ich selbst zur Kühnheit rathen.
Es heißt den König zur Entscheidung drängen,
Ihn hindern, daß er den Beschluß verschiebe.
Escovedo. Es soll das volle Sonnenlicht der Wahrheit
In seine Augen fallen und ihn blenden,
Wie ich schon oft gesagt.

Perez. Sie haben Recht.
Escovedo. Und dennoch mahnten Sie mich immer ab.
So seid Ihr all' die Herren an dem Hofe,
Die, um den Blick des Fürsten nicht zu schrecken,
Ihm Alles nur im matten Zwielicht zeigen,
Sein Zögern als ein kluges Ueberlegen,
Sein Schwanken als der Weisheit Quelle preisen.
Ich will Euch Allen zeigen, daß auch Philipp
Den Keim zu raschem Thun im Innern trägt.
Perez (für sich). Wohl anders, als Du meinst, erprobst Du es!
(Laut, schmeichelnd). Bei Gott, Don Pedro, Ihre Jugendglut
Reißt mich dahin, und Thorheit und Beschränktheit
Vermöcht' allein, solch einen kühnen Schiffer
Durch Warnungen in seiner Fahrt zu stören.
Darum auch ruf' ich: Alle Segel auf,
Und gleich Columbus muthig fortgesteuert.
Escovedo. Des Prinzen Heil ist Compaß mir und Steuer,
In seinem Namen nah' ich mich dem König.
Perez. Sie können ohne jeden Rückhalt sprechen,
Sie schützt der Prinz. (Horcht.) Doch fort, der König kommt.
Er darf uns Beide nicht beisammen sehen.
Escovedo. Gar seltsam fühl' ich mich bewegt
Perez (höflich). Das macht Die Größe des Moments.
Escovedo. Wie rasch im Leben
Umstände wechseln. Gestern standen wir
Uns mit gezückten Degen gegenüber,

2

Heut' eint ein Bündniß uns, das nur
 der Tod
Zerreißen kann.
 (Ab langsam zur Mittelthür.)
Perez (nachsehend). Ja, wahrlich nur
 der Tod!

Vierte Scene.

Perez (allein). Er ist zum Falle reif.
 Sein Inn'res gährt,
Und wie ein Stier, den man zuvor
 gehetzt.
Wenn sich die Schranken öffnen, vor-
 wärtsstürzend
Mit glüh'ndem Blick und wuthgesenk-
 tem Haupt,
Zuerst still steht und starrt, dann mit
 den Hörnern
Im Sande wühlt und dann in jähem
 Lauf
Losstürmt auf Alles, was den Weg
 ihm hemmt, —
So kommt er zur Audienz —— (lang-
 sam) und König Philipp
Gibt ihm als Matador den Todesstoß.

Fünfte Scene.

Perez. König (von rechts).

Perez. Geruhen, königliche Majestät,
Den Secretär des Prinzen zu em-
 pfangen?
Voll Ungeduld harrt er des gnäd'gen
 Winkes.
Philipp. Noch immer ungeduldig, un-
 gestüm?
Ich dachte, daß Ihr ihn herabgestimmt.
Perez. Solch ein erhitzter Kopf zischt
 brausend auf,
Wenn man von Maß und Ueberlegung
 spricht,
Und jeder Rath zu ruhigem Verhalten
Gießt Oel nur in die Gluten seines
 Hirnes.

Philipp. Dann spricht er dreister noch,
 als er geschrieben?
Perez. Ich fürchte fast, Sennor.
Philipp. Nun denn, so wart' er,
Bis sein Gemüth zum richt'gen Grad
 gemäßigt.
Perez. Zum Riesen wächst durch Warten
 Ungeduld.
Philipp. Und meint Ihr, daß ich diesen
 Riesen fürchte?
Perez. Verzeihung, Majestät, doch die
 Besorgniß,
Daß Escovedo mit vermess'ner Hand
Den Purpur meines königlichen Herrn
 Berühre, —
Philipp. Ei, wenn solches Euer Freund,
Der Secretär des Prinzen, wagen
 könnte,
Dann wär' es klüger, ihn statt mich
 zu warnen.
Hm. Euer Urtheil über ihn, so scheint es,
Erlitt seit gestern eine große Wandlung.
Perez. O, möcht' es sein, daß mich zu
 großer Eifer,
Daß mich die glühende Begeisterung
Für meinen königlichen Herrn ver-
 blendet,
Und daß dem bangen Aug' haltlose
 Schatten
Als wirkliche Gestalten sich gezeigt!
Gibt es ein strafbar Uebermaß der
 Pflicht,
Beut ich dem Schwert des Henkers
 gern mein Haupt,
Und dankbar lächelnd wird mein letzter
 Blick
Empor zu meines Königs Thron sich
 heben.
Philipp (kalt). Die Audienz wird Licht
 in Alles bringen.
Bleibt in der Nähe hier, zwar unge-
 sehen,
Doch so, daß Eurem Ohr kein Wort
 von dem,
Was Escovedo spricht, entgehen kann.
 (Zeigt nach links.)

Perez (sich verbeugend).
Dank meinem König für die hohe Gnade.
(Geht zur Thür links, die er
aufsperrt, und bleibt in der
halboffenen Thüre stehen.)

Sechste Scene.
Philipp. Escovedo.

Philipp (schellt. Ein Kämmerling erscheint
an der Mittelthür).
Ruft Escovedo nun zur Audienz!
(Kämmerling ab.)
Escovedo (tritt ein und macht eine kreuz=
weise Kniebeugung).
Philipp (winkt ihm, aufzustehen).
Ich kenn' Euch, Escovedo, lange schon,
Es sprach mir Perez oft und viel von
Euch.
Escovedo. Ich hoffe, königliche Majestät,
Nur ehrenhaft.
Philipp. Wer hofft, der fürchtet auch,—
Glaubt Ihr, daß Perez Uebles und
Unwahres
Von Euch zu reden sich erlauben würde?
Escovedo. Ich glaub' es nicht, mein
gnäd'ger Herr und König;
Es scheint mir ganz unmöglich, ja viel=
mehr
Besorg' ich, daß sein Mund zu sehr
mich preist.
Philipp. So sehr verpflichtet ward er
Euch?
Escovedo. Ich denke.
Philipp. Ihr habt ihn durch Ver-
sprechungen gewonnen?
Escovedo. Nein, Majestät, die Gleich=
heit der Gesinnung
Vereint uns Beide mehr als jeder
Vortheil.
Philipp. Seit kurzer oder schon seit
langer Zeit?
Escovedo. Wir standen Beide stets in
guter Freundschaft.
Philipp. Ihr standet, hm, das heißt
bisher, doch heute?
Escovedo. Wie? Heute? (Etwas verlegen.)

Philipp. Ja!
Escovedo (sich fassend). Nun, heute,
Majestät,
Sind wir verbündet fester noch als je.
Philipp. Genug, das wollt' ich wissen.
Nun zur Sache!
Perez (hat während dieser Reden seine ängst=
liche Spannung und endliche
Beruhigung zu erkennen ge=
geben).
Philipp. Der Prinz, mein Bruder, hält
sehr viel auf Euch.
Escovedo. Ich darf wohl sagen, Alles,
Majestät.
Philipp. Das gibt Euch wohl den
Muth, so kühn zu schreiben,
Wie keine and're Hand es noch ver=
sucht.
Escovedo. Dies, Majestät, und etwas
And'res noch:
Die Pflicht, die mir mein Posten auf=
erlegt,
Die Liebe, die mich an den Prinzen
fesselt,
Für dessen Ruhm und Ehre ich die
Sterne
Vom Himmel nehmen möcht', als
Fackeln sie
Auf seiner Heldenbahn ihm vorzutragen.
Und endlich jene hohe Königin,
Die über allen Religionen schwebt,
Vor deren Macht die Herrscher dieser
Erde
Sich alle beugen müssen, die jedoch
An keinem Hofe gastlich wird em=
pfangen,
Indeß der Lüge und der Heuchelei
Die Fürsten ihre Hand zum Willkomm
reichen.
Philipp (kalt). Ihr meint die Wahr-
heit; in dem Glauben, ja,
Da fand ich sie, nie in der Politik.
Escovedo. Und doch, nie werden Völker
glücklich werden,
So lang' nicht Wahrheit, Wahrheit
nur allein
Das Feld der Politik bebauen darf.

Philipp (streng). Und thatet Ihr auch
dies, weil Ihr so strenge
An Diplomaten diese Ford'rung stellt?
Escovedo. Ich that es, königliche
Majestät.
Zwar gilt im diplomatischen Verkehr
Das Losungswort: der Wahrheit nie
das Kleid
Der Wirklichkeit und ihrem Antlitz nie
Den Ausdruck der Natürlichkeit zu
lassen,
Vielmehr durch Schminken, faltige Ge-
wänder
Und and're Zuthat so sie zu entstellen,
Daß Niemand mehr ihr eigentliches
Sein
Und ihre Wesenheit erkennen kann.
Wenn ich nun, dies zu thun, geheißen
ward,
So schien es mir, als ob ihr edles
Antlitz
Mir zürnt', als riefe sie mir flehend zu,
Dies nicht zu thun. Derart verlernt'
ich nie,
Zu huld'gen ihr, und stets erprobt
ich es,
Daß trotz der schlauen Kunst der Di-
plomaten
Die Wahrheit, so wie sie ursprünglich
war,
Glorreichen Sieg zuletzt sich doch errang.
Philipp. Hm, nicht Ihr Diplomaten
nur allein,
Kein Mensch läßt Wahrheit jemals
unentstellt;
Ein Jeder kleidet sie nach seiner Stim-
mung
In Lappen heller oder dunkler Farbe.
Escovedo. Mög' Eure königliche Ma-
jestät
Es mir verzeihen, doch ich darf mich
rühmen:
Es lebt kein Herrscher in Europa's
Reichen,
Zu dem ich nicht voll kühnen Muthes
sprach;
Fern jedem Eigennutz, stets nur bedacht,

Der Staaten und der Fürsten Wohl
zu fördern.
Und heute, wo nach mondenlangem
Harren
Ich hier vor meinem Herrn und König
stehe,
Da sollt' ich, niedern, kleinen Trieben
folgend,
Mit einem Truggebild dem Thron
mich nah'n?
Mein gnäd'ger König, größ're Kühn-
heit ist es,
Mit falschem Wort ein Fürstenohr zu
täuschen,
Als ohne Rücksicht wahr zu sein.
Philipp. Gewiß,
Denn einem Fürsten Unwahrheit zu
bieten,
Verdient dem Meineid gleich bestraft
zu werden.
Ich glaube, daß Ihr Wahrheit sprechen
wollt.
Escovedo. Gewiß, ich will, doch aber
darf ich auch?
Philipp (kalt). Ihr dürft, Ihr müßt.
Escovedo. O, Dank, mein gnäd'ger
König! —
Ihr dürft, Ihr müßt! Ha, diese gold-
nen Worte,
In alle Welt will ich sie laut posaunen
Und preisen ihn, der sie mir zugerufen!
Ihr dürft, Ihr müßt! O, diese Worte
schließen
Die ganze Hoheit seines Innern auf.
Vertrauen will ich dieser großen Seele,
Und was auf Erden noch kein Mensch
vernommen,
Ich leg' es als ein heiliges Vermächtniß
Mit frommer Scheu an meines Königs
Brust.
Philipp. Wie man die Neugier weckt,
versteht Ihr gut,
Doch sprecht, mit welchen Plänen tragt
Ihr Euch?
Escovedo (mit Ungestüm).
Europa will ich retten aus der Wirrniß,

In die des Glaubens Zwiespalt es ge-
  schleudert,
Will Spanien wieder auf die Höhe
  heben,
Auf der vor Jahren noch es leuchtend
  prangte.
Philipp (hält die Hand wie warnend
  empor).
Escovedo (mit Eifer). Mein gnäd'ger
  König! Wenn den Fürsten auch
Der Stand der Dinge oft verschwiegen
  wird, —
Der Fürsten Räthe wissen ganz genau,
Wie schwankend oft so mancher stolze
  Thron,
Den felsenfest die große Menge wähnt.
Mit freien Augen sieht ein Herrscher
  selten, —
Die Alba's, Velez's, Vasquez's und
  Hernando's,
Sie sorgen eifrig für gefärbte Gläser.
Und was Agenten und bezahlte Späher
Aus nah' und ferne nach Belieben
  melden, —
Dient dann als Grund für eines Für-
  sten Thun.
Philipp. Was Ihr da sagt, wird öfters
  wohl versucht,
Allein der Herrscher prüft mit scharfem
  Blick
Und sondert strenge von der Spreu den
  Weizen,
Und wer ihm Spreu gab, büßt es mit
  dem Leben. —
Was Spanien betrifft, seid Ihr im
  Irrthum.
Escovedo. Es ist wohl wahr, erhab'ne
  Majestät.
Noch gilt der Spruch, den scheu die
  Völker flüstern:
»Der Erdball zittert, wenn sich Spa-
  nien rührt;«
Und dennoch, sehen Sie das stolze
  Spanien,
Wie seine Lebenskraft schon fast ver-
  zehrt;

Versunken in der Schulden tiefen Ab-
  grund,
Kann es noch kaum die edlen Glieder
  regen.
Furchtbare Leere gähnt aus allen
  Kassen,
Die reichen Staatsdomänen sind ver-
  pfändet,
Mit Steuern die Gewerbe so belastet,
Daß sie zum Tod erschöpft zu Boden
  sinken;
Durch hohe Zölle so beschränkt der
  Handel,
Daß er nach Athem mühsam ringen
  muß.
Wohl segeln fort und fort die Galeonen,
Mit Gold und Silber, Perlen, Dia-
  manten
Beladen, durch den Ocean und bringen
Die Schätze Indiens an Sevilla's
  Strand, —
Doch nicht für Spanien. Am Gestade
  stehen
Die fremden Kaufherr'n, ihres Pfand-
  rechts waltend. —
So schwer erkrankt an allen seinen
  Gliedern,
Ein Schattenbild der frühern Herr-
  lichkeit,
Schwankt Spanien nun haltlos hin
  und her,
Nur mit dem Nachruhm einer schönern
  Zeit
Den lahmen Körper noch der Welt
  verhüllend.
Philipp (finster). Fürwahr, Don Pedro,
  Euer graues Haupt
Paßt schlecht zu Eurer jugendlichen
  Zunge,
Die mir vielleicht sogar zu sagen wagt,
Daß man in Spanien nicht mit mir
  zufrieden.
Escovedo. Nein, gnäd'ge Majestät,
  stolz sind wir Alle
Auf unsern frommen, glaubensstarken
  König.

Und dem erlauchten Stamm des Hauses
 Habsburg
Mit unerschütterlicher Treu' ergeben.
Auch liebt das Königthum so sehr der
 Spanier,
Daß, wenn er einmal keinen König
 hätte,
In beiden Welten er nach einem suchte.
Mein königlicher Herr, gar viel er=
 fuhr ich,
An fremden Höfen selber mitarbeitend
Am Webestuhl geheimer Politik.
 (Mit steigendem Eifer.)
Mit klarem Blick seh' ich vor mir
 Europa
Auf einer Tafel ausgebreitet liegen.
Seh' all' die Königreiche, Fürsten=
 thümer
Wie bunte Steine an der Sonne
 funkeln.
Doch täuscht mich nicht der farbenreiche
 Schimmer, —
Ich kenne ja jedweden Steines Werth,—
Mich täuscht das Gold nicht, das an
 Thronen haftet,
Ich weiß, aus welchem Holz man sie
 gezimmert;
Nicht täuscht mich Purpur, Scharlach,
 Hermelin,
Die von des Herrschers Schultern
 niederwallen, —
Der Geist nur, der in einem Fürsten
 lebt,
Der Sinn, mit dem er seines Amtes
 waltet,
Die Kraft, mit der er seinen Scepter
 schwingt,
Das Herz, mit dem er fühlt des Vol=
 kes Wohl, —
Das, was den Menschen erst zum wah=
 ren Menschen
Und eines Thrones würdig macht, be=
 stimmt mich,
Die Fürsten zu verehren, zu bewundern.
Philipp. Stets üben Diener, die zunächst
 dem Herrn,
Das strengste Richteramt.

Escovedo (warm). Doch fühlt auch Nie=
 mand
Wie sie so glühende Begeisterung
Für einen edlen Herrn und seinen
 Ruhm.
Philipp. Und was von Euch hat Phi=
 lipp zu erwarten?
Escovedo. O Majestät, wenn meine
 kühne Sprache,
Des Höflings breitgetret'nen Pfad
 verlassend,
Die Schranken bricht, die Etikette zog,
So will sie nur auf ihren starken
 Flügeln
Auch Sie, mein König, in den Aether
 tragen.
Auf Furcht und Schrecken fußt nun
 Ihre Größe,
Mit Zittern starrt das staunende Jahr=
 hundert
Auf Ihre Thaten, und Ihr treues Volk
Hält sich entsetzt an Ihrem Throne fest,
Sich vor der Inquisition zu schützen,
Der nur ein Philipp Halt gebieten
 darf.
Ich aber möchte Sie viel größer sehen.
Philipp (strena).
Wer groß und stark sich zeigt im heil'=
 gen Glauben,
Der ist's in allem Andern auch. Doch
 weiter,
Schließt mir die Pforten Eurer Räth=
 sel auf.
Escovedo. Es ringt nach neuem Leben
 ganz Europa,
Nur Spanien bleibt in dumpfem Schlaf
 versunken.
Von schlechten Räthen schmeichelnd
 eingelullt.
Und doch gerade jetzt naht jene Stunde,
Die einmal und nicht wieder schlagen
 wird,
Und die zur Weltherrschaft Den hebt
 empor,
Der ihrem hohen Geisterrufe lauscht,
Und was er heischt, mit ganzer Kraft
 vollzieht.

Seh'n Eure Majestät, wie Zwiespalt in dem Glauben
Das deutsche Reich zerklüftet und entkräftet.
Wie England, durch den Streit der Dynastien
Und durch der neuen Lehre Druck getheilt,
Im Innern seine ganze Macht verbraucht.
Wie Frankreich durch den Brand des Bürgerkrieges
Ein traurig Schauspiel der Verwüstung zeigt,
Und wie die andern Länder, mehr und minder
Hineingerissen in den mächt'gen Wirbel,
Entmastet, ohne Segel, ohne Steuer
Auf wüstem Meere durch die Wogen treiben.
Jetzt einen Mann, Sennor, der kühn und rasch,
Mit irdischer und geist'ger Macht gerüstet,
Den wilden Kämpfen donnernd Halt gebietet,
Der, auf der Zeiten Forderungen horchend
Und seiner hohen Sendung klar bewußt,
Der Menschheit gibt, wonach sie unablässig,
Nicht Mord und Brand, nicht Noth und Elend scheuend,
Mit allen Kräften ihres Daseins ringt:
Die Völker würden ihm sich jubelnd beugen,
Die Fürsten all' ihm als Vasallen dienen,
Was jetzt zerspalten, würde dann mit Eins
Zur saatenreichen Ebene sich schließen;
Die Schiffe würden aus dem Wellensturm
Mit Eins den Weg zum sichern Hafen finden.
Es gäb' ein Reich nur auf der weiten Erde
Und einen Herrscher nur im Weltenreich. —
Wer aber stünde näher dieser Sendung,
Wer wäre mehr zu diesem Amt berufen,
Als König Philipp, der mit mächt'gen Armen
Die alte und die neue Welt umfaßt?!
Philipp. Der Weg, den Ihr da weist, ist wohl der rechte
Zu jenem Ziel, das Euch so lockend scheint,
Mir aber zeigt es nur ein irdisch Glück,
Und wie der Satan weiland unsern Herrn,
So tragt auch Ihr mich auf des Berges Gipfel
Und nennt die Welt voll Glanz mein eigen.
Ich aber sag', nachahmend unsern Herrn:
Den Menschen dien' ich nicht, nur Gott allein!
Escovedo. Verkennen Sie mich nicht, mein gnäd'ger Herr!
Stets bleib' ich wie mein Prinz der Kirche Roms
Mit christlichfrommem Eifer zugethan,
Doch auf dem Boden der Erfahrung stehend,
Seh' ich, wie sie mit ihrem eh'rnen Finger
Nach einem Pfad nur unverrückbar weist,
Zum Ausgangspunkt die Niederlande nehmend;
Dort muß man Sieg, glorreichen Sieg erringen.
Philipp. Das that mein Alba, mehr als jeder And're.
Escovedo. Doch mehr der Feinde, als in Schlachten fielen,
Ließ Alba tödten von des Henkers Hand
Durch diese Ströme Blutes, so vergossen,
Schwoll immer neu die Flut des Aufruhrs an,

Die ihn wohl endlich selbst verschlungen
    hätte,
Wenn nicht die Weisheit Eurer Ma=
    jestät
Zurückberufen ihn zu rechter Zeit.
So tief sank Spanien d'rauf, daß es
    das Schwert
Wegwerfen und zur Feder greifen
    mußte,
Verträge schließend, die so leicht zer=
    rissen
Wie das Papier, auf denen sie ge=
    schrieben. —
Da endlich rief mein gnäd'ger Herr
    und König
Den Heldenbruder nach den Nieder=
    landen.
Und auf Verrath und Hinterlist nicht
    achtend,
Stellt frischen Muths und klugen Sinns
    der Prinz
Das schwankende Panier von Spanien
    fest;
Und, David gleich, der Goliath be=
    zwungen,
Errang mit einer kleinen Truppen=
    schaar
Mein Prinz des Sieges Palme bei
    Gemblours.
Es floh Oranien mit dem Rest des
    Heeres,
Der Staatsrath und die Stände flohen
    mit,
Ganz Belgien war bleich vor jähem
    Schreck.
Nur einen schnellen Marsch noch gegen
    Brüssel,
Und wieder unser sind die Niederlande;
Doch seit sechs Wochen fleht mein Prinz
    vergebens,
Und weder Truppen sendet man, noch
    Geld.
Erholt nun haben sich die Belgier
Von ihrem ersten Schreck, des Siegers
    Ohnmacht
Verleitet sie zu frechem Uebermuth,
Und statt den Niederlanden zu gebieten,
Kann Seine Hoheit kaum sich selber
    schützen.
Nach solchem Sieg! oh! eine solche
    Schmach!
Der Bruder Euer gnäd'gen Majestät,
Und Ihrer Reiche undurchdringlich
    Schild,
Der heil'gen Kirche kampfbereites
    Schwert,
Der Tunis niederwarf und der die
    Mauren
Bis auf den letzten Mann aus Spanien
    jagte. —
Der hochgeprief'ne Sieger von Lepanto,
Mein Prinz, vor dem sich Spanien
    dankbar neigen
Und ihn mit Ehren überhäufen sollte.
Nun ohne Geld und Heer ein Spott
    der Feinde!
Der junge, feur'ge Held, Europa's
    Stern,
Der mit dem Glanze seiner Krieges=
    thaten
Den Ruhm des grausen Alba längst
    verdunkelt, —
Ein Spielball nun für lachende Re=
    bellen,
Ein Löwe ohne Klau'n, der Wölfe
    Beute!
Mein königlicher Herr, ich bin ein
    Mann,
Und Herzeleid erpreßt mir keine Thränen,
Doch Haß und Zorn umnachtet mir die
    Augen,
Seh' ich, wie hier am Hof des Prinzen
    Gegner
Ihm neidisch seinen Siegeskranz zer=
    reißen.

Philipp. Was man beschließt, wird
    reiflich stets erwogen.

Escovedo (aufgeregt fortfahrend). Doch ist
    vielleicht nicht Alles schon
    verloren.
Nur jetzt noch Geld und Truppen rasch
    gesendet, —
Und müßte man die Krone selbst ver=
    pfänden, —.

Und siegen wird Don Juan, vollständig
    siegen.
Doch um dem Siege Dauer zu ver-
    leihen,
So wird mein Prinz, ungleich dem
    blut'gen Alba,
Das unterjochte Belgien milde richten.
Empörte Wogen ebnet sanfter Hauch,
Die starre Strenge weckt stets neu den
    Sturm. —
Sind nun auf solche Art die Nieder-
    lande
Mit zarten aber festgewob'nen Banden
An Spaniens Thron für alle Zeit ge-
    kettet,
Dann will der heil'ge Vater meinen
    Prinzen
Zu einer hohen Sendung auserwählen.
Prinz Don Juan soll mit den besten
    Truppen
Zu raschem Ueberfall nach England
    schiffen,
Den alten Glauben wieder neu dort
    pflanzen, —
Die stolze Königin Elisabeth —
Soll an der Hand des schönen jungen
    Prinzen
Rückkehren in der heil'gen Kirche
    Schooß. —
Philipp (finster). Ich weiß davon, der
    Kriegszug wird gescheh'n,
Doch fordert dies noch reifes Ueber-
    legen,
Auch will dafür ich eine Flotte rüsten,
Wie keine solche noch die Welt gesehen;
Das fordert Geld, und Zeit, das Geld
    zu schaffen.
Escovedo. Die Hand Elisabeths und
    Englands Krone
Wird sich indeß ein Anderer gewinnen.
Philipp. Nicht Jeder ist zu einem Thron
    berufen,
Ob er auch eines Kaisers Sohn sich
    nennt;
Auch blendet unsern Bruder allzusehr
Der Glanz, den eine Krone rings ver-
    breitet.

Doch viele Dornen birgt der gold'ne
    Reif,
Und lastet schwer auf eines Menschen
    Stirne.
Ein guter Unterthan zu sein ist leichter,
Denn seiner Seele droh'n nicht die Ge-
    fahren,
Die eines Fürsten hohen Sitz um-
    schweben,
Und leichter wahrt in eines Klosters
    Mauern
Man sich den Himmel, als auf einem
    Thron.
Ich strebte nie darnach mit ird'schem
    Drang,
Gott gab die Krone mir, ich lege sie
Auch wieder ab voll Demuth, wenn er
    winkt.
Escovedo (die Knie beugend).
Bewundernd beug' ich meine Knie,
    o König!
Wie groß auch Kaiser Karl der Fünfte
    war,
Als er, gebietend einer Welt, die
    Völker
Durch seine Thaten in Erstaunen setzte,
Doch war er größer noch, als er voll
    Gleichmuth
Sein Weltenreich hingab gleich einem
    Nichts.
Und hätte Karl nur dies allein gethan,
Sein Ruhm blieb' unvergänglich aller
    Zeiten.
Doch war's ihm leicht, er hatte einen
    Sohn,
Er hatte einen Philipp an der Seite.
Wenn aber Philipp jetzt vom Throne
    steigt,
Dann ruft die Welt voll heil'ger Ehr-
    furcht aus:
„Groß war der Vater, größer ist der
    Sohn!"
Und doch, erhab'ner, königlicher Herr,
Wenn Ihre ganz von Gott erfüllte
    Seele
Sie drängt, den Purpurmantel abzu-
    werfen,

Und sich in grobes Mönchgewand zu
    hüllen,
Und wenn Ihr zartgebauter Leib zu
    sehr
Das Alter und des Alters Schwächen
    fühlt,
So können Sie mit ruhigem Gemüth
Perez (hört mit sichtbarer Spannung zu)
Escovedo. Vom Thron herab nach einem
    Kloster schreiten, —
Verwaist ist Spanien nicht, nicht der
    Infant,
Der von der Amme Händen still ge-
    schaukelt
Noch nicht von Sceptern und von
    Kronen träumt.
Philipp (macht einige Schritte, für sich).
Soll ich ihn weiter hören? Ja, ich will,
Ob auch schon voll ist seines Frevels
    Maß.
(Laut, finster.) Wie? nicht verwaist?
    Was wollt Ihr damit sagen?
Escovedo (warm). Sie haben einen
    Bruder, Majestät,
Des Königreiches treu'sten Unterthan,
Der nicht des Helden Eigenschaften nur,
Der auch des Herrschers Tugenden be-
    sitzt.
Philipp. Er hat sie nie und nirgends
    noch erprobt.
Escovedo (warm). Wenn ihm mein
    König diese Gunst erzeigte,
Und ihm, dem treubewährten jungen
    Bruder,
Die Zügel der Regierung anvertraute!
Wie würde da des Prinzen hoher Geist,
Geschmückt mit Gaben, wie ein Baum
    mit Blüten,
Noch nie geschaute Wunderfrüchte
    treiben!
Philipp. Es ist genug, — Ihr sollt als-
    bald erfahren,
Daß, was Ihr spracht, nicht wirkungs-
    los verhallte.
Escovedo. Und nach den Niederlanden
    darf ich eilen?
Und meinem Prinzen frohe Nachricht
    bringen?
Philipp. Es wird Euch Perez Tag und
    Stunde sagen. (Verabschiedet
    ihn mit einer Handbewegung.)
Escovedo (im Abgehen triumphirend).
Triumph, mein Prinz der Weg ist Dir
    gebahnt! (Ab zur Mittelthür.)

Siebente Scene.

König. Perez (von links).

König (stößt den Degen einigemale auf die
    Erde). Er ist schon fort.
Perez (tritt hervor und schließt die Thüre).
    Senmor?
König. Habt Ihr gehört?
Perez. Ja, Majestät, noch schüttelt mich
    Ein Setzen.
König (langsam). Er darf nicht mehr
    zurück nach Flandern, Perez!
Perez (verneigt sich zustimmend).
König. Ich habe Unglück mit den Secre-
    tären,
Die meinem Bruder ich zur Seite stelle;
Denn stets vergessen sie, daß er ein
    Bastard.
Zuerst de Soto, der dem jungen
    Prinzen
Ein Königreich in Tunis vorgespiegelt;
Und dieser Escovedo nun, der ihn
Gar auf dem Thron von England haben
    will;
Trag' ich ja selber noch den Titel „König
Von England" als der Tudor einst'ger
    Gatte.
Auch Spaniens Thron faßt er ins freche
    Auge,
Als säß' ein schwacher Greis darauf.
Perez. Bei Gott!
Fantast'sche Träume stets nährt Esco-
    vedo.
König. Auch Don Juan besitzt zu wenig
    Ruhe,
Um fest genug am Wirklichen zu halten.
Perez. Dem Secretär gebeut Amt und
    Gewissen,

Des Prinzen Geist auf richt'ger Bahn
   zu führen.
König. So sollt' es sein, doch dieser
   Secretär
Verleitet Don Juan, statt ihn zu leiten.
Perez. Zwar an des Prinzen ehren-
   haftem Sinn
Zersplittert jede Lockung wirkungslos;
Doch weil ein Tropfen fallend, immer
   fallend
Selbst einen Stein aushöhlen kann, so
   sollten
Auch Escovedo's Pläne fürder nicht
Des Prinzen feuriges Gemüth be-
   drängen.
Philipp. D'rum darf nach Flandern er
   nicht mehr zurück.
Perez. Wie es mein König wünscht; die
   Fürsten haben
Das Recht, die Macht, zu strafen und
   zu schonen.
Philipp. Die Schonung wäre hier Er-
   munterung.
Doch vor Gericht den Frevler stellen
   lassen,
Möcht' ich in diesem Falle gern ver-
   meiden.
Perez. Der Prinz und auch die mächtige
   Verwandtschaft
Don Pedro's würden großen Sturm
   erregen.
Philipp. Auch darf, was jener Mann
   allhier gesprochen,
An keines andern Menschen Ohr je
   dringen.
Perez Es würde nur zu bösem Beispiel
   dienen.
Philipp. Wir hören jeden gern, der
   Wahrheit spricht,
Doch uns're Würde darf er nicht ver-
   letzen.
Perez. Er hat geschmäht die heil'ge Ma-
   jestät.
Philipp. Und das Gesetz bestimmt dafür
   den Tod.
Perez. Kein Richter wird ein and'res
   Urtheil fällen.

Philipp. Müßt' ich vielleicht erst einen
   Richter fragen?
Ist denn nicht mein das höchste Richter-
   amt?
Perez. Gewiß! und wollte Jemand es
   bezweifeln,
Der würd'ge Prior bei den Franzis-
   kanern
Hebt über jeden Zweifel ihn empor.
Philipp. Der Prior?
Perez Ja, ein Mann von großem
   Wissen, —
Philipp. Und frommem Sinn, ich halte
   viel auf ihn.
Wie lautete sein Ausspruch? Lieb ist
   mir's,
Beut er mir neuen Halt in meinem
   Handeln.
Perez. Ein Fürst, so sprach er, auf dem
   Herrscherthrone,
Der die Gesetze gibt und widerruft, —
Wie seine Weisheit es für gut er-
   achtet, —
Hält Tod und Leben seiner Unterthanen
In mächt'ger Hand. Er kann ver-
   dammen, kann
Begnaden mit und ohne Richterspruch,
In Schrift und Wort, wie es ihm
   gut bedünkt.
Er kann auch die Vollstreckung seines
   Urtheils,
Ob offen vor der Welt, ob im Ge-
   heimen,
Nach eig'ner Ansicht jedem anbefehlen,
Und jeder Auftrag gilt als ein
   Gesetz.
Philipp. Dies sprach der Prior?
Perez. Ja, mein gnäd'ger König.
Philipp. Und wenn ich Euch nun den
   Befehl ertheile, —
Perez (wie erschrocken). Bei Gott! mein
   gnäd'ger König! mir? und
   welchen?
Philipp (kalt und langsam). Zu sorgen,
   daß geheim an Escovedo
Und rasch mein Urtheilsspruch Voll-
   ziehung finde.

Perez (sich wie entsetzt vor dem König niederwerfend).
O. Eure Majestät!
Philipp (kalt). Ihr tragt Bedenken?
Perez (aufstehend und sich gleichsam sammelnd).
Nie, meine Pflicht zu thun; mein König wird
Zufrieden sein, wie schnell ich ihr entspreche.
Philipp. Wohlan, und macht es klug,
    daß Niemand ahne,
Welch' eine Hand den blut'gen Streich
    geführt.
Von Philipp habt Ihr oft genug erfahren,
Daß treuen Dienst er zu belohnen pflegt.
(Wendet sich nach rechts zum Abgehen.)
Perez (eilt zur Thüre rechts und öffnet sie).
Philipp (geht ab, indessen die Granden etwas vortreten und den König an sich vorbeigehen lassen, worauf sich die Thüre wieder schließt).

Achte Scene.

Perez (allein).

Nun, Escovedo, allzukühner Segler,
Der auch mein Schiff will bohren in den
    Grund,
Du scheiterst, eh' du noch die Fahrt
    beginnst.
So darf man einem Philipp nimmer
    kommen.
Hab' ich vielleicht darum mich so geschmiegt,
Weil Philipps Schalten mir genehm
    erscheint?
Nein, nein, ich that es nur und thu' es
    noch,
Um alle Nebenbuhler fern zu halten,
Um immer ihn in meiner Hand zu
    haben.
Doch hab' ich einst das große Ziel
    erreicht, —
Das wie ein Stern vor meinen Augen
    schwebt,
Dem ich mein beß'res Ich zum Theil
    verpfändet, —
Und hab' ich einstens Völkern zu gebieten,
Dann soll man seh'n, daß Ehrgeiz nicht
    allein
Mich so gewagte Pfade schreiten
    hieß. — ---
Der Prinz Regent? Und du, sein
    Secretär,
Mit ihm regierend, ha! und ich ein
    Nichts?
Das geht viel weiter, als ich je gedacht.
In Flandern ist des Prinzen Platz
    für immer,
In Spanien jedoch darf nach dem
    König
Sich Niemand über mich erheben, Niemand. —
So fall' er denn, ich wage nichts dabei,
Der König selbst leiht mir dazu den
    Arm
Der Majestät. — Ich will das Zeichen
    geben.
(Nimmt einen Armleuchter, macht einige
    Schritte und setzt ihn wieder weg.)
Und muß es denn geschehen? — —
    Ja, es muß; —
Er oder ich, ein Drittes gibt es nicht;
So soll es den: geschehen! Sterbenden
(nimmt den Leuchter und geht zum Fenster)
Hält man zu leichter'm Tod die Kerze
    hin.
(Beklemmt.) O, trefft ihn gut, daß ohne
    Schmerzenslaut
Und Racheruf er aus dem Leben scheide!
(Stellt den Leuchter weg.)
Jetzt ohne Säumniß aus Madrid, um
    selbst
Den schwächsten Anschein von Verdacht
    zu meiden.
(Ab durch die Mittelthüre.)

Verwandlung.

Neunte Scene.

(Straße und freier Platz; es ist Nacht.)
Tita. Carlota. Godo. (Rückwärts rechts
Diener mit Fackeln.)

Tita (unruhig umhergehend).
Noch immer nichts; Madrid liegt schon
    im Schlaf
Und, ach, mein Gatte, —
Carlota. Kommen Sie, Sennora,
Zu Ihrer Sänfte, wenn uns Jemand
    sähe.
Zu nächt'ger Stunde hier, auf offner
    Straße, —
Sie, eine Dame von so hohem Range.
Tita. Was hoher Rang, wenn tief das
    Herzeleid!
Er ging heut morgens fort, so kalt, so
    seltsam!
Ich weiß nicht, was ich that, ihn zu
    verscheuchen,
Er wird mir sagen seines Zürnens
    Grund.
Carlota. Doch nicht auf offner Straße,
    liebe Herrin,
Zu Hause schlichte Gatten ihren Zwist
Tita. Ein unerklärlich Bangen trieb mich
    hin
Und her, nun steh' ich hier voll Furcht
    und Zagen;
Er wird ein Kind mich, eine Närrin
    schelten, —
Mag er es thun, wenn er nur wieder
    gut.
Carlota. Ich glaube, daß wir hier ver-
    gebens harren.
Tita. Mein Diener muß zurück doch end-
    lich kommen,
Muß Antwort mir von meinem Gatten
    bringen.
Carlota. Ei seht einmal doch dieses
    Eisenköpfchen,
Ich kenne meine Herrin gar nicht mehr;
Ach folgen Sie zur Sänfte mir; Sie
    werden
Zu Hause sich beruhigen.

Tita (ablehnend, mehr für sich sprechend).
    Zu Hause!
Wohl nenn' ich so das stolze Pracht-
    gebäude,
Das mir Antonio gab zum Brautge-
    schenk,
Doch fühle drinnen ich mich nimmer
    heimisch;
Denn wie ein Fremder wohnt er in
    demselben
Und all' sein Sinnen haftet anderswo,
Auf Würden, Aemtern, Gütern, Kronen,
    Herrschern!
Und hastig kommt und geht er, Frist
    kaum findend
Zu kurzem Wort, ja kaum zu flücht'gem
    Blick.
Es dünkt kein Kloster mir so leer und
    öde
Als meiner Prunkgemächer lange
    Reihen
O wär' ich doch ein armes Fischerweib
Am stürm'schen Meer, in schlechter
    Bretterhütte, —
Er aber käme heim aus Wind und
    Wetter,
Und nähme zärtlich mich in seine Arme,
Und hieße mich sein liebes Weib, —
    das wär'
Ein Glück, mit keinem andern zu ver-
    gleichen!
Godo (kommt von links).
Tita. Du bringst nichts Gutes, dennoch
    rede, rede!
Godo. Der gnäd'ge Herr läßt seinen
    Gruß entbieten.
Geschäfte riefen ihn nach Alcala.
Tita (winkt Godo fortzugehen).
Godo (weggehend für sich). Belauschen soll
    ich Escovedo's Heimkehr,
Und was geschieht, gleich melden dem
    Sennor. (Er geht nach dem
    Hintergrund, wo er bleibt, bis
    zu seinem Abgang in der 11.
    Scene.)
Tita Carlota, ich vertrieb ihn aus
    Madrid!

Er zürnt mir sehr, ich will nach Hause
nun,
Und weinen, weinen.
(Wendet sich zum Gehen.)

Zehnte Scene.
Vorige. Don Luis (von links hervor-
kommend).
Luis. Reizende Sennora!
Tita. Mein Gott, Don Luis! (Aengstl'ch.)
Dringend muß ich bitten,
Der Gattin Don Antonio's freie Bahn!
Luis (ritterlich). Die edlen Frau'n Ma-
drids ehrt' ich stets noch,
Vor allen aber eine Donna Tita.
Nicht stören, schützen wollt' ich Eure
Heimkunft, —
Der Ort, die Zeit rechtfert'gen dieß
vielleicht.
Tita. Ich dank' Euch sehr, ein unlieb-
samer Zufall
Hielt mich zu lang auf diesem Platze
fest;
Ich und mein Gatte sollten uns hier
treffen, —
(Ablenkend.) Doch Ihr, Don Luis, nicht
mehr in Toledo?
Luis (achtungsvoll). Mein stiller Wunsch,
Euch wieder nah' zu sein,
Fand unverhoffte, freudige Gewährung
Durch die Berufung an des Königs
Hof.
Tita (unmuthig zum Gehen sich wendend).
Carlota!
Luis (bescheiden). Donna Tita, Donna
Tita,
Flieht nicht den Freund, der Euer
Leiden kennt! —
Wär's eine Last, die Euren Rücken
drückte,
Da gäb' es tausend Hände Euch zu
helfen.
Jedoch die unsichtbare, schwere Bürde,
Darunter das Gemüth sich ächzend
krümmt, —

Die sieht und kennt und fühlt der
schmerzlich mit,
Der Euch von früher froher Kindheit an
So nah' stand, wie ein Bruder seiner
Schwester;
Der mit Euch spielte, mit Euch scherzt'
und kos'te,
Euch küssend o't sein gold'nes Weibchen
nannte,
Und all das kleine Leid treu mit Euch
trug,
Wovon des Kindes Seele rasch erregt
Und rasch verlassen wird. — Die Kind-
heit schwand, —
Es folgten dann der Jugend schöne
Tage,
Und auf den schönsten durft' ich hoffen,
als —
Tita (einfallend). Nicht weiter mehr, ich
bitt, ich bitt' Euch sehr.
Luis. O, laßt davon mich sprechen, wie
so plötzlich
Von ew'ger Nacht mein Leben ward
umhüllt,
Als Perez in der Kirche San Andres
Durch einen einz'gen Blick für alle
Zeiten
Euch ganz und gar in seine Macht
bekam.
Tita (vor sich hin, langsam).
Durch einen einz'gen Blick für alle
Zeiten!
Ihr sprecht die Wahrheit, heil'ge hohe
Wahrheit.
Luis (fortfahrend).
Ihr wurdet krank von unerfülltem
Sehnen,
Es gab nur einen Arzt für Eure Krank-
heit,
Und Eure guten Aeltern ruhten nicht,
Bis es gelang, den Arzt Euch zu ge-
winnen; —
Doch fürcht' ich sehr —
Tita (fest). O, fürchtet nichts, Don Luis.
Luis (warm). Weist nicht so kalt den
Jugendfreund zurück,

Werft ab den Stolz; wen gibt es hier
  auf Erden,
Der eines treuen Freundes nicht be-
  dürfte?
Tita (höflich). Hab' einen Freund ich
  nöthig, nun, wohlan,
Will keinen andern suchen ich als Euch.
  (Empfieht sich mit einer Handbewegung.)
Luis. Ich dank' Euch, dank' Euch für dies
  schöne Wort!
Tita (ab zu ihrer Sänfte).
Carlota (hinter ihr abgehend).
Luis. Als treuer Freund will ich mich ihr
  erweisen,
Als ihres Lebens, ihres Glückes Hort.
Ihr wieder nah' zu sein, mich zu ver-
  senken
In ihrer Augen Spiegel, — süße
  Wonne
Und süße Qual, zu theuer nie bezahlt!

Eilfte Scene.

Luis. Don Pedro Escovedo (von links
hervorwankend) zuletzt ein Pförtner. Godo
  (stets im Hintergrunde).

Escovedo. Zu Hülfe! Mörder, Mörder,
  Meuchelmörder!
  (Sinkt nieder.)
Luis (eilt zu dem Gefallenen).
Don Pedro, wie? Mit wem geriethet
  Ihr
In Kampf?
Escovedo (stöhnend). Ein Kampf? —
  Ein Mord! — Die feigen
  Kerle
Durchstachen in dem Dunkel mir die
  Hand,
Bevor ich nach der Waffe langen
  konnte, —
Und seht — mein sonst so wackrer
  Degen — treulos —
Sprang nicht heraus, — um seinen
  Herrn zu schützen.
Luis (den Degen ziehend und schwingend).
Ich eile ihren flücht'gen Schritten nach.

Escovedo. Es ist zu spät; die Nacht,
  den Bösen hilfreich,
Verbirgt sie längst in ihrem schwarzen
  Mantel; —
Ruft meinen Sohn und meinen Vetter
  Vasquez,
Den treuesten und wahrsten meiner
  Freunde; —
Doch laßt es nur, — Gott segne mei-
  nen Prinzen, —
(die Faust ballend) Doch, Perez, Dich,
  — nur einmal noch Dich
  sehen!   (Stirbt.)
Luis. Er spricht nicht mehr! Todt! Todt!
  — Er nannte Perez! —
Wie schauderhaft, von einem Ster-
  benden
In solcher Weise noch bedroht zu
  werden!
  (Von der Leiche wegtretend.)
He, holla, Mord! Ruft: Mord! durch
  alle Straßen!
(Pocht an dem Thore eines Hauses rechts.)
Don Martin, aufgemacht!
(Stimmen hinter den Coulissen.) Mord,
  Mord!
Godo. Was wird
Mein Herr zu meiner Schreckensbot-
  schaft sagen?
  (Ab, rückwärts rechts.)
Pförtner (das Thor öffnend).
Was soll der Lärm?
Luis. Ruf' Deinen Herrn, sein wack'rer,
  alter Vater
Liegt dort im Blut.
Pförtner. O schaudervolles Unglück!
  (Geht hinein.)

Zwölfte Scene.

Don Luis, Don Martin, Vasquez
und andere Herren und Diener mit einer
Bahre und Fackeln aus dem Hause. Volk
strömt von allen Seiten herbei, dann Don
  Tiberio Angolado mit Wache.

Luis. Hieher, Ihr edlen Herr'n, hieher
  mit Fackeln,

Damit Ihr schaut, welch' finst're That
gescheh'n.
Martin (sich auf den Leichnam werfend).
Mein Vater? Ja, es ist mein theurer
Vater!
Luis. Von Meuchelmördern tückisch über=
mannt,
Bevor er selbst den Degen ziehen konnte.
Angolado. Ich fasse sie, bevor sie noch
das Blut
Von ihren gottverdammten Klingen
wischen.
(Zum Anführer der Wache.)
Patrouillen durch die ganze Stadt
gesendet,
Verdächt'ge Häuser unverweilt durch=
sucht,
Die Thore von Madrid sind abzu=
schließen,
Und Niemand, welchen Stands und
Ranges auch,
Darf ein, noch aus, und dem Gesetz
verfällt,
Wer sich nicht willig fügt. (Wache mit
dem Anführer ab.) Volk von
Madrid,
Horch' auf!
Erster Bürger. Wir hören, Don Ti=
berio.
Angolado. Vor wenig Jahren hat des
Königs Gnade
Das kleine, kaum beachtete Madrid,
Das einem Härchen glich an Spaniens
Körper,
Zum Haupt erhoben seines großen
Reiches.
Madrid ist hoch berühmt in aller Welt
Und heißt die treue, makellose Stadt,
Weil immer fest sie hing an ihren
Herrschern
Und Sicherheit gewährte ihren Bürgern.
Nun ist ihr Ruf durch Meuchelmord
befleckt,
Der König wird der Stadt den Rücken
kehren,
Veröden werden uns're weiten Straßen;

Der Fluch der Sünde wird zu Grund
uns richten,
Wenn uns're Hand nicht schnell die
Mörder greift.
Darum erzählt den Nachbarn, was hier
vorfiel,
Damit sie Niemand Unterstand ge=
währen.
Männer und Weiber. Es soll gescheh'n,
so wie man uns befiehlt.
Angolado. Reich wird belohnt, wer
einen Mörder fängt.
Männer und Weiber. So kommt, so
kommt, laßt uns die Mörder
suchen. (Volk ab.)
Don Martin (halb sich aufrichtend).
Kein Hauch, kein Pulsschlag, nicht das
kleinste Fleckchen,
Wo noch des Lebens milde Wärme
weilt!
Angolado (zu Luis). Ihr traft ihn also
lebend noch, Don Luis?
Sagt mir gefälligst, was zuletzt er
sprach.
Luis. Nach seinem Sohne und nach Don
Matheo
Sprach er ein dringendes Verlangen
aus;
Darauf empfahl er segnend Gottes
Schutz
Den Prinzen Don Juan; dann hört'
ich noch
Zuletzt den Namen Perez.
Vasquez. Höll' und Teufel!
Er nannte Perez noch? Und wie? Auch
segnend?
Luis (ausweichend). Als er dies sprach,
erstarrte schon sein Mund.
Vasquez. Er wollte mit mir reden; ha,
ich ahne,
Was er mir sagen wollte; o, mein
Pedro!
(Zu den Dienern.) Die Leiche hebt vom
blutgetränkten Boden.
(Der Leichnam wird auf eine Bahre gelegt
und verhüllt; die Diener stehen bereit, ihn
fortzutragen.)

Vasquez. Durch Bande nicht des Blutes nur, wir waren
Durch traute Freundschaft eng vereint, und wenn auch
In Staatsgeschäften and'rer Meinung oft,
Doch in dem Innersten einander treu.
(Legt seine Hand auf die Leiche.)
Don Martin, legt hier Eure Hand auf meine.
Don Martin (thut es).
Vasquez. Ihr seid mein Sohn von dieser Stunde an.
In mir lebt Euer wack'rer Vater fort,
Und wie er Alles that mit heißem Eifer,
So gönn' auch ich mir nimmer Rast noch Ruhe;
Und Rache schwöre ich den feilen Mördern
Und dem Verruchten, der den Mord befahl!
(Vorhang fällt.)

Dritter Act.

Garten im Palaste des Don Antonio Perez; Terrasse, rechts ein Säulengang, welcher den Eingang in den Palast zeigt, rückwärts eine Mauer mit Thor, links der Garten. Rechts vorn eine Ruhebank sammt Tisch und Stühlen.

Erste Scene.

Tita, Carlota (zur Ruhebank tretend).
In dem Säulengang Dienerschaft.

Tita. Das frische Grün erquickt die müden Augen,
Es kühlt der laue West die heiße Stirne,
Und der von Furcht und Angst bedrängte Busen,
Er athmet wieder leicht am hellen Morgen.
Carlota. Ja, das war eine Nacht! Die wilden Horden,
Sie drohten mehr als einmal Ueberfall,
Und hätte nicht Don Luis für Schutz gesorgt,
Das Thor, die Mauer hätt' uns nicht beschützt.
Tita. Nun ist es Tag und nichts mehr zu befürchten.
Erhielt beim Auszug reichen Lohn die Wache?
Carlota. Ja, gnäd'ge Herrin; doch auf großen Dank
Darf auch Don Luis gerechten Anspruch machen.
Tita. Gewiß.
Carlota. Es schien, als ob die ganze Nacht
Don Luis nur über unser Haus gewacht.
Tita (gleichgiltig). Er wußte, daß mein Gatte fern, —
Carlota (einfallend). Ja wohl.
Er wußte, daß dem Haus der Schutzherr fehlte,
Um desto ritterlicher war's, —
Carlota (aufzuckend). Doch horch'!
(Man hört Lärm außerhalb der Mauer.)
Ein neuer Schwarm; (ruft) die Dienerschaft herbei!

Zweite Scene.

Vorige, eine Schaar Diener (stellt sich an den Stufen des Säulenganges auf), Volk (mit Stöcken u. dgl. bewaffnet, dringt zum Thor herein, von Bürgern angeführt).

Tita (ist aufgesprungen und tritt der Schaar einige Schritte entgegen).
Bei unsr'er heil'gen Jungfrau, liebe Leute,
Was sucht Ihr hier?
Erster Bürger. Die Mörder Escovedo's.
Wir müssen sie bekommen, sonst verläßt
Der König unsre Stadt.
Zweiter Bürger. Madrid sinkt dann
Herab zum Dorf, wir Alle werden Bettler.
Dritter Bürger. Vom Hof bekamen wir die meiste Arbeit,
Den müssen wir uns zu erhalten suchen.

3

Erster Bürger. Heraus d'rum mit dem Mörder!
Alle. Ja, heraus!
Tita (nach Fassung ringend). Ihr kennt wohl nicht den Eigner dieses Hauses?
Erster Bürger. Wir kennen Don Antonio.
Tita. Und doch?
Zweiter Bürger (verlegen). Je nun, er ist ein sehr freigeb'ger Herr, Und spricht beim König stets zu unsern Gunsten, —
Erster Bürger. Doch wenn in seinem Haus sich Mörder bergen,
Mehrere. Sprecht nicht so viel und kommt und laßt uns suchen.
Erster Bürger. Zwei nehmen Donna Tita hier in Hut.
Tita (sich aufrichtend). Die Gattin eines Perez muß dies dulden? Schützt Niemand mich vor dieser rohen Schaar?

(Die Dienerschaft zieht ihre Degen und will herabbringen, bleibt aber bei Don Luis' Auftreten an den Stufen stehen.)

Dritte Scene.

Vorige, Don Luis (eiligst durch das Thor herein).

Luis. Was geht hier vor? Es wagt das freche Volk
In eines Granden Wohnsitz einzudringen?
Erster Bürger. Man trug uns auf, zu fahnden nach den Mördern.
Zweiter Bürger. Und auf der Straße finden wir sie nicht.
Tita (läßt sich auf die Ruhebank nieder).
Dritter Bürger. Wir aber müssen sie bekommen.
Alle. Ja,
Sonst geht der König fort, wir aber wollen,
Daß in Madrid er bleibt.
Luis. Ich lob' Euch d'rum,
Doch dürft Ihr nun und nimmer dies vergessen:
Des Spaniers Haus ist eine feste Burg.
Nur dem Gericht muß jedes Thor sich öffnen,
Doch seh' ich Niemand vom Gericht bei Euch.
Erster Bürger. Und dennoch müssen wir die Mörder suchen.
Luis. In diesem Haus? Warum gerade hier?
Mehrere. Man hat es uns gesagt.
Luis. Wer sagt' es Euch?
Mehrere. Ein hoher Herr, nicht wahr, Altano?
Erster Bürger (etwas zögernd). Hm, Nun ja, ein hoher Herr; nicht wahr, Lorenzo?
Zweiter Bürger (sicher). Ei freilich, ein sehr hoher Herr bei Hof.
Luis. Bei Hof?
Zweiter Bürger (unsicher). So glaub' ich, Simon wird es wissen.
Dritter Bürger. Ei, ich? Hast Du nicht selbst es mir gesagt?
Zweiter Bürger. Ja, weil Altano — (stockt) —
Erster Bürger. Mich laßt aus dem Spiel.
Luis. Da seht nun, wie man Euren schönen Eifer
Für die gerechte Sache schwer mißbraucht,
Und Euch hieher genarrt, — Ihr kennt mich doch?
Mehrere. Ja wohl, Ihr seid der neue Hofalcalde.
Luis. Ganz recht; mir aber wär' es nicht verborgen,
Wenn man bei Hof solch' einen Argwohn hegte.
Mehrere. Ja wahrlich, er hat Recht, er müßt' es wissen.
Luis. D'rum geht, sonst müßt' ich den Corregidor
Ersuchen, daß er Euch den Heimweg zeige (winkt mit der Hand).

Mehrere. Nein, nein, wir gehen schon.
Erster Bürger. Kommt, Freunde, kommt.
(Volk und Bürger ab.)
(Die Dienerschaft zieht sich in das Haus zurück.)
Carlota (geht links in einen Gang des Gartens).

Vierte Scene.
Tita, Don Luis.

Luis (tritt zu Tita).
 Erholt Euch, Donna Tita, nimmer wird
 Solch frech Gesindel Eure Ruhe stören.
Tita. Nehmt meinen Dank; Ihr habt schon diese Nacht
 Dies Haus vor Schmach beschützt.
Luis. Die Freundschaft wacht
 Stets über Euer Wohl; ihr schönster Lohn
 Ist Euer Dank.
Tita. Wenn nur Antonio käme!
Luis. Daß er nicht hier, der Umstand ward benützt, —
Tita (sieht Luis fragend an).
Luis. Von einem Feind Antonio's benützt.
Tita. Man wagt es, meinen Gatten in Bezug
 Mit Escovedo's Mord zu bringen? Wie?
Luis. Man wagt es, ja, und Don Matheo wagt es;
 Und dieses blut'ge Werk an Escovedo
 Beut manchen Vorwand, der höchst unerwünscht.
Tita. Wie meint Ihr dies?
Luis. Don Pedro hatte Streit
 Mit Don Antonio bei der Herzogin,
 Sagt ein Gerücht, und — und der traute Bund —
Tita (einfallend). O, schweigt davon, das wirft zu finst're Schatten
 In meines Lebens junge Tage.
Luis. Schweigen
 Und müßig zuseh'n, wie Euch Gram verzehrt?

(Mit steigendem Affect.)
 Sennora, füllt mich herbe Trauer schon,
 Daß Ihr in einem fremden Garten blüht,
 Wie wallt mein Blut erst auf in wildem Grimm,
 Muß ich auch das noch sehen, daß der Gärtner
 Euch keine liebevolle Pflege widmet; —
 Und heben möcht' ich Euch mit starkem Arm
 Aus jenem Grund, wo Ihr vereinsamt prangt!
Tita (erstaunt und schmerzlich).
 Was muß ich hören, kaum noch faß' ich es,
 Aus Eurem Munde hören? — Ach, ich meinte,
 Es schlüg' ein großes Herz in Eurer Brust!
 Doch seh' ich nun mit Schrecken, mit Betrübniß,
 Daß weder das, was Ihr für mich empfindet,
 Noch meine Liebe zu Antonio
 Euch je für heilig galt. Lebt wohl, Don Luis!
 Am Hofe sucht nach jungen Frauen, denen
 Die Liebe Zeitvertreib für müß'ge Stunden,
 Ihr findet deren; aber meine Liebe
 Ist meine Luft, mein Leben, ist mein Glauben,
 Ist meine Hoffnung, meine Seligkeit!
 Antonio nur allein gehör' ich an,
 Bin eigen ihm mit meinem ganzen Sein, —
 Don Luis, Ihr habt mein Wesen nie erkannt.
Luis. O, bannt mich nicht aus Eurer Nähe, Tita!
 Auf meinen Knien bitt' ich Euch: Vergebt!
 Kein Wort wird je von meinen Lippen gleiten,

Das von der Leidenschaft den Ton em=
 pfing.
Nein, Tita, Schutz und Schirm will ich
 Euch werden,
Und als ein Ritter gold'ner Minnezeit
Auf meinen Schild mir die Devise
 schreiben:
Ich kämpfe nicht um meiner Dame
 Liebe,
Für meiner Dame Ehre kämpf' ich
 nur!
(Ab nach dem Hintergrund.)

Fünfte Scene.

Tita, Perez (aus dem Palaste).

Tita (allein). O, nied'res Loos des Frauen=
 thums! Wie schwer
Ist Achtung von dem Manne zu er=
 ringen!
Weil ihm die Frau ein Spielzeug nur
 erscheint,
Glaubt er sich stark; und doch sind selbst
 die Besten
Stets ihren Leidenschaften unterthan.
Antonio nur strebt nach höhern Zielen.
(Setzt sich und versinkt in Nachsinnen.)
Perez (durch den Säulengang heraustretend).
Er ist dahin, ich athme wieder frei,
Auf seinem Grab blüht sicher nun mein
 Glück.
Doch trafen sie ihn schlecht, er konnte
 sprechen,
Und was er sprach, dient nicht zu
 meinem Heil.
Kann er auch kommen? Nein, ich glaub'
 es nicht.
Was todt ist, das verwest; hinweg, ihr
 Grillen!
Tita (blickt auf, sieht Perez und eilt auf
 ihn zu).
Antonio, ach, endlich seid Ihr da!
Und keine Unbill ist Euch widerfahren?
Welch' eine Nacht voll Unheil und voll
 Schrecken;
Das Volk drang hier herein, und welch'
 ein Namen
Ward durch die Straßen von Madrid
 getragen!
Perez. Ich weiß es, Tita, weiß, daß
 Don Matheo,
Deß Ehrgeiz jede Waffe schnell ergreift,
Womit er tödtlich mich zu treffen hofft,
Nun gegen mich das Aergste sinnt.
 Jedoch
Ich lache sein. Was diese Nacht geschah,
Es war kein Mord, nein, es war ein
 Gericht,
Vollbracht an dem Verräther Escovedo,
Dem Philipp selbst das Todesurtheil
 sprach.
Tita (erschreckend). Ihr wußtet dies und
 ließet es geschehen?
Perez. Des Königs Wille ist Gesetz uns
 Allen;
Wer darf am Hof sich eig'ne Pfade
 wählen? —
Ihr seid so gut und mild und faßt es
 nicht,
Wie eisern jene Bande sind, in denen
Ein König Philipp seine Diener hält,
Und seinen treu'sten Diener nennt er
 mich;
Und viel gefährliche Geheimnisse
Hat er in meine treue Brust gelegt.
Tita. Gefährlich nur für Euch, Antonio;
Am Fuß des Berges, auf dem Gipfel
 nicht,
Entladen sich die Wolken ihrer Blitze.
Perez. Ich stehe nicht so tief, als Ihr
 befürchtet.
Tita. Ich bin ein schwaches und beschränk=
 tes Weib,
Euch aber preist man selbst an fremden
 Höfen
Als erste Größe in des Königs Rath;
Und doch baut Ihr auf eines Philipp's
 Huld,
Als wär's ein Fels, durch gar nichts
 zu erschüttern?
Auch Felsen stürzen plötzlich von den
 Höhen.
Den sichern Wand'rer unverseh'ns zer=
 malmend.

Perez. Ich schuld' Euch Dank für Eure Warnung, Tita;
Doch längst schon hab' ich mich empor=
 geschwungen
Hoch über das Gewölk, aus dem der
 König
Auf And're seiner Mißgunst Blitze
 schleudert.
Tita. Hoch steht auch Vasquez in des
 Königs Schätzung.
Perez. Verwechselt Schätzung, Anseh'n
 nicht mit Gunst.
Tita. O, diese Fürstengunst! Vergeßt
 Ihr denn,
Daß Philipp's Hand, indeß sie Beifall
 zollte,
Sich oft in einen Dolch verwandelte?
Perez (mit steigendem Selbstgefühl).
Wenn Jemand Philipp kennt, so kenne
 ich ihn;
Ich weiß, daß ihm mein frischer Sinn
 gefällt,
Wenn seinem Mund auch Beifalls=
 lächeln fremd,
Und wenn er auch sein Denken und sein
 Trachten
In ernste Miene sorglich immer hüllt,
Ich weiß die Schwächen, die sich d'run=
 ter bergen.
Den trüben, kalten, silbenkargen
 Philipp,
Vor dessen starrem Willen Alles weicht,
Ich weiß ihn zu erwärmen, zu beleben.
Denn mehr als Günstling bin ich,
 Freund des Königs,
Ja, seine zweite Seele darf ich sagen,
Und ohne daß er selber es gewahrt,
Obgleich sein Argwohn unablässig
 lauert,
Regier' ich ihn und Spanien durch ihn.
Und wo man Philipp's Namen kennt
 und nennt,
Ob dies=, ob jenseits nun des Oceans,
Klingt auch der Name Perez immer mit.
Das ist doch wohl ein Preis, nach dem
 zu ringen
Mit allen Mitteln es sich wahrlich lohnt.
Zwar auf dem Throne ward ich nicht
 geboren,
Doch lenk' ich Den, der Kron' und
 Purpur trägt.
Und einen König Philipp zu beherrschen,
Gelang noch Keinem. Keinem außer mir.
Tita. Beherrschen nennst Du das, An=
 tonio,
Wenn das gescheh'n muß, was der Kö=
 nig heischt,
Und wenn Du nicht einmal solch' edlen
 Mann,
Wie Escovedo war, zu retten wagst?
Perez (heftig). Still von den Todten!
 Laß sie ruh'n in Frieden.
 (Sich fassend, gutmüthig.)
Laß des Gemüthes reine Welle Dir
Von dem nicht trüben, was bei Hof
 geschieht;
Ich bin Dir gut, und innig ehr' ich
 Dich
Und möchte, daß auch gut von mir Du
 denkst;
Doch unsre Pfade geh'n nicht gleicher
 Richtung,
Auch möcht' ich nicht, daß Du dem mei=
 nen folgst.
 (Mit steigendem Affecte.)
Es treibt h'nan mich, höher, immer
 höher,
So hoch zu steigen, als ein Mann ver=
 mag,
Der keinem herrschenden Geschlecht
 entstammt,
Und doch im Drang des Herrschens
 sich verzehrt.
Solch' eine Bahn ist kein Idyllentraum
Es waltet dort ein anderes Gesetz.
Und Manches muß man unbedenklich
 thun,
Was schlichten Sinn mit tiefem Schau=
 der füllt.
Ein and'res Leben pocht in jenem Kreise,
Wo Macht und Glanz allein nur Gel=
 tung hat.
Du mußt den Raum, den Du für Dich
 gewonnen,

Mit Kühnheit und mit List behaupten, und
Mußt And're stürzen, willst Du selbst nicht fallen;
Nach Allem streben, sonst erreichst Du nichts.
Nie ruht der Streit, nie winkt der Friede Dir,
Doch in dem steten Kampf, im steten Kriege,
Da blüh'n zum Lohn Dir immer neue Siege,
Und blendend um Dein stolzes Haupt erglänzt
Des Ruhmes und der Ehre Strahlenkranz.
Tita (bange). Dein Auge sprüht und Deine Blicke funkeln
Wie eines Löwen, der stets sprungbereit
Der Heerden sich bemeistert, bis er selbst
Der Hirten und des Jägers Beute wird.
Perez. Mit sichern Schritten schreit' ich meine Bahn,
Und hell vor Augen liegt mein hohes Ziel.
Tita. Antonio, bleib' bei mir! Sieh' diese Arme,
So schwach sie auch, sie bieten Dir mehr Schutz,
Als auf dem weiten Tummelplatz des Hofes
Der König selber Dir gewähren kann.
Perez. Schmückt dieses Bangen auch ein weiblich Herz,
So kann doch ich ihm nicht mein Ohr erschließen.
Ich lausche Philomelens Klagen nicht,
Der Lerche horch' ich, die gen Himmel wirbelt,
Dem Adler folg' ich, der zur Sonne fliegt.
Leb' wohl, der König wartet mein.
Tita (am Halse Antonio's schluchzend).
Leb' wohl!

Perez (gutmüthig). Du kleine Möve,
Sturm nur immer kündend!
Leb' wohl!   (Ab nach rückwärts.)
Tita (allein). Es glimmt ein Fünkchen noch, ein Fünkchen
Noch in der Asche seiner Brust für mich.
Ich aber will ihn um so inn'ger lieben,
Kein Opfer, keine Mühe, selbst den Tod nicht scheuen,
Und bald mit sanftem Hauch und bald mit Sturm
In die schon fast erlosch'nen Gluten blasen, —
Bis endlich, ach! der Liebe heil'ge Lohe,
Hoch auf, zu vollen Flammen angefacht,
Aus seinem Herzen mir entgegenlodert!
(Ab in das Haus.)

Verwandlung.

Cabinet des Königs.

Sechste Scene.

Der König (tritt von rechts ein mit einem Briefe).

Philipp. Noch Niemand ward entdeckt, der Theil genommen,
Das ist ganz gut, der Lärm wird bald verhallen.
Am besten wird wohl Ricaloz sich eignen
Zum neuen Secretär für meinen Bruder.
Doch wenn Don Juan des Lieblings Tod erfährt, —
Ich will es selbst zuerst ihm melden lassen,
Auf daß im Voraus eine fremde Feder
Den Vorgang nicht mit falschen Strichen zeichne.   (Setzt sich.)

Siebente Scene.

König. Vasquez (hastig durch die Mittelthür). Zuletzt Marques.

Vasquez. O, welch' ein Unglück, gnäd'ger Herr und König!

Philipp (den Kopf nach Vasquez wendend, kalt und streng). Wer seid Ihr?
Vasquez (verwirrt). Euer Majestät! (Kniebeugend.) Verzeihung!
Philipp. Nur Spaniens König schreitet ungemeldet
In dies Gemach; das Beil verdientet Ihr
Für diese Unbesonnenheit.
Vasquez. Vergebung,
Vergebung, Majestät; doch nicht nur ich,
Mit mir ist ganz, ja, ganz Madrid von Sinnen.
Es rast und heult das Volk, von Grimm gestachelt,
In Hütten und Paläste dringt es ein,
Die Mörder suchend, die des Reiches Hauptstadt
Mit unerhörter Gräuelthat entweiht.
Philipp. Ich weiß; auch ward schon der Befehl gegeben,
Daß man den allzu großen Eifer stille.
Vasquez (klagend). Der Mund des Sterbenden, ach, Majestät —
Philipp. Ich weiß, Don Luis gab mir davon Bericht,
Er lallte noch der besten Freunde Namen.
Vasqurz (für sich). O Brust, zerspringe nicht vor Schmerz und Wuth!
Philipp. Habt Ihr mir sonst noch etwas zu berichten,
So sprecht.
Vasquez. Don Martin, Euer Majestät,
Der wack're Jüngling, ist erkrankt vor Schreck;
In seinem Namen tret' ich vor den Thron,
Verfolgung dringlichst heischend und Gericht
Und strenge Strafe für die feilen Mörder,
Wie für den Frevler, der den Mord befahl.
Philipp. Was nöthig, wird geschehen, es bedarf
Des Drängens nicht von irgend einer Seite.
Wie aber kommt es, daß gerade Ihr
Euch an der tollen Dränger Spitze stellt? Ihr,
Der Gegner des verstorb'nen Escovedo?
Vasquez. Nur in der Politik, Sennor; weil mich
Die Pflichten gegen meinen Herrn und König
Weit stärker fesseln als der Freundschaft Bande.
Nun aber hob der Tod den Zwiespalt auf,
Durch den wir Beide nur zu oft gelitten,
Und all' mein Fühlen und mein Denken darf ich
Dem todten Freunde ungeschmälert widmen.
Philipp. In frommer Andacht und in Sterbgebeten.
Vasquez (warm). Und in Verfolgung all' der Missethäter,
Die an dem grausen Morde Theil genommen.
Philipp. Das müßt Ihr doch erst reifer noch bedenken.
Vasquez. Wie, Euer Majestät?
Philipp. Nun, Escovedo
Besaß, Ihr wißt es besser noch als ich,
Viel Ungestüm, — Ihr gleicht ihm ganz hierin, —
Und troß des hohen Alters lief er statt zu gehen.
Vasquez. Und immer für der Vorsicht Winke blind,
Schloß er sein Inn'res allzu fertig auf.
Ich warnt' ihn oft in traulichem Gespräch.
Philipp. Auch Perez that dies oft, doch stets vergebens.
Vasquez. Wie Perez, Perez, Euer Majestät?
Ich glaube kaum, daß in des Perez Brust
Für Escovedo treue Freundschaft lebte.

Philipp. Sie lebte, sag' ich Euch, denn Escovedo
Gab selbst begeistert Kunde mir davon.
Vasquez. Sennor, ich wage keinen Widerspruch,
Doch gnäd'ge Majestät, mein edler Freund,
So wahr, so kühn und so vertrauensvoll,
Er konnte Niemand täuschen, doch ihn selbst.
Ihn täuschte leicht ein Wort, das warm und voll
Aus treuer Mannesbrust zu quellen schien,
Und das vielleicht unlaut'rer Sumpf nur war,
Der ihn verrätherisch hinunterzog.
Philipp (fixirend). Erklärt Euch näher über dieses Gleichniß.
Wenn Ihr den Muth habt, Jemand anzuklagen,
So thut es, aber legt Beweise vor.
Vasquez. Mein hoher, königlicher Herr, Beweise
Beweisen oft ihr eig'nes Gegentheil.
Philipp. So habt Ihr etwas doch in Eurer Hand?
Vasquez. Nichts, gnäd'ger Herr, geschrieben auf Papier;
Doch hier im Herzen steht mit glüh'nden Lettern
Der Name dessen, der die That verübt.
Philipp (fixirend). Ei, wirklich? Wagt Ihr auch, ihn mir zu nennen?
Vasquez. Fast bebt die Zunge zaghaft mir zurück,
Gleich einem scheuen Wild, — der Schuldige
Ruht in dem Schooße königlicher Huld
Voll stolzer Sicherheit; er steht so nahe
Dem Thron (stockt) —
Philipp. Wie? so nah'? Ihr irrt weit ab, —
(langsam) Er sitzt auf Spaniens Thron.
Vasquez (erschrocken). Mein Gott im Himmel!
Nicht Perez also?

Philipp (ruhig kalt). Nein, ich selbst befahl
Nach eigenem Ermessen, was geschah.
Und ob auch mein Gewissen ruhig blieb,
Im Beichtstuhl gab ich es voll Demuth kund,
Und keine Buße ward mir auferlegt.
Vasquez. Erhab'ne Majestät, verzeihen gnädigst mir,
Was meine Lippe sprach voll Unbedacht, —
Mich dünkte, schuldlos sei mein Freund gefallen; —
Beglückt ging er von seinem König fort,
Und pries im Vorgemach die große Huld
Der langen Audienz, doch kaum betrat
Mit frohen Schritten er die dunkle Straße,
So fiel er einem jähen Tod anheim.
Philipp. Es mußte schnell gescheh'n, er durfte nicht
Nach Flandern mehr zurück.
Vasquez. Mein armer Freund!
Philipp. Wir lassen tausend Messen für ihn lesen
Zur selben Stund' in allen Kirchen Spaniens,
Auch soll man eine Leichenfeier halten,
Wie sie Madrid seit Langem nicht gescheh'n.
So bleibt der Escovedo's Stamm und Namen
Geschützt vor jedem Makel vor der Welt;
Er aber büßte doch, was er verschuldet.
Den Hochverrath, den er als Secretär
Des Prinzen Don Juan von Österreich,
Im Vollgefühl der Unverletzbarkeit,
Uns selber in das Angesicht geschleudert.
Vasquez. O Himmel, Hochverrath, mein wack'rer Vetter,
Du Hochverrath und Majestätsverletzung!

Philipp. So ist's. Ihr kennt wohl auch
die schlimmen Pläne,
Die er im Kopfe, wie in einem Treib-
haus
Mit heißem Eifer lang schon hegt' und
pflegte?
Vasquez. O, wenn von diesen Träumen,
die er selbst nicht,
Die seine Liebe für den Prinzen träumte,
An deren Wirklichkeit er niemals dachte,
Wenn er von diesen Träumen zog den
Schleier,
Dann, Majestät, dann muß ich trauernd
rufen:
Mein armer Freund, du hast dich selbst
gemordet!
Philipp. Gut, daß Ihr dies ganz so
erkennt, wie Perez,
Der meinen Auftrag schnell und gut voll-
zogen,
Und dem ich großen Lohn dafür be-
stimmt. —
Von Escovedo's Schuld soll Niemand
etwas wissen,
Als Ihr und Perez, und Ihr beiden
müßt
Vereint zum Scheine nach den Thätern
forschen,
Daß in der Stadt die Gährung sich
verziehe.
Vasquez. Was Eure Majestät befiehlt,
geschieht,
Nur möge man nicht meinen Schmerz
verdammen.
Philipp. Legt Eurer Trauer keine
Fessel an.
Was Fürsten fühlen, wenn sie strafen
müssen,
Das liegt weit ab den andern Sterb-
lichen;
Doch tritt an uns des Rechtes Macht-
gebot,
Dann thun wir, was wir müssen, uner-
schüttert.
Marques (in der Mittelthür). Es bittet
Don Antonio.
Philipp. Hieher!

Marques. Der königliche Rath ist schon
versammelt,
Und harrt des gnäd'gen Winks.
Philipp. Ich komme gleich.
Marques (ab).

Achte Scene.
Vorige. Perez.

König (zu Perez). Ihr steht auf einer
Seite uns'res Thrones,
Und Vasquez auf der andern, und für
beide
Sind gleich gefüllt die Schalen uns'rer
Huld. (zu beiden)
Daß Ihr im Rath zumeist Euch stellt
entgegen,
Verdient nur Lob, denn Widerrede
klärt
Die Ansicht, schärft das Urtheil, also
dienend,
Die Wahrheit von den Schlacken zu
befreien.
Doch säumt auch nie, was einmal wir
beschlossen,
Und was wir auszuführen, Euch be-
fohlen,
Vereint mit gleichem Eifer zu voll-
ziehen.
(Zu Perez.) Belehrt durch unsern
Mund ward Don Matheo,
Was Escovedo's Fall herbeigeführt.
(Zu Vasquez.) Was weiter noch zu
thun in dieser Sache,
(auf Perez zeigend, langsam sprechend)
Besprecht mit unserm ersten Staats-
minister. (Rechts ab.)

Neunte Scene.
Perez. Vasquez.

Vasquez (hocherstaunt). Wie lautet, was
der König erst gesprochen?
Perez. Das Staunen schließt der Lippen
Thor mir zu; —

Des Glückes Füllhorn leert sich über
  uns.
Vasquez. Der Inhalt, ja, für Sie, die
  Hülse mir.
Nur Schade, daß der König dem Mi-
  nister
Nicht gleich den Herzogsmantel umge-
  hängt.
Perez (mit stolzer Sicherheit).
Er thut es bald, ich kenne meinen König,
Ward ich Minister, werd' ich Herzog
  auch.
Vasquez (mit Hohn). Noch mehr; die
  Herrschsucht kennt nicht Maß
  noch Ziel.
Perez (aufrichtig). Nicht Neid und Miß-
  gunst, Don Matheo, soll
Uns fort und fort in unf'rem Streben
  stören.
Wir sind uns näher schon in einem
  Punkt; seit
Don Pedro's schrecklichen Enthüllungen
Steh' ich als treuer Diener meines
  Königs,
Nicht mehr wie sonst zum Prinzen
  Don Juan.
Erfüllen wir vor Allem Philipps
  Wunsch,
Und reichen ohne Säumniß uns die
  Hände,
Des Staates Wohl im Wettkampf
  stets zu fördern,
Im Leben aber jedem Groll zu steuern.
  (Will ihm die Hand reichen.)
Vasquez (abweisend). Hinweg mit dieser
  Hand, sie trieft von Blut,
Vom Blute meines theuren, edlen
  Vetters!
Perez (auffahrend). Wie soll ich dieses
  deuten, Don Matheo?
Sie wissen, daß ich fern dem Schauplatz
  war,
Wo Escovedo seiner Schuld verfiel.
Sie hörten von dem König selbst zuvor,
Daß ich sein Urtheil nur vollstrecken
  ließ.
Von dem Gescheh'nen nahm der König
  ganz
Die Schuld auf sich; ich that nur meine
  Pflicht.
Sie sind in das Geheimniß eingeweiht,
Sie wissen, daß der König Escovedo
Des Todes schuldig fand, —
Vasquez (einfallend), und dennoch will ich
Der Welt beweisen, daß der König
  nicht,
Daß Sie veranlaßt Escovedo's Fall.
Perez. Der Widerspruch, dem Sie da-
  dadurch verfallen,
Kann nur als Bosheit oder Wahnsinn
  gelten.
Denn scheinbar nur ist gegen mich Ihr
  Treiben,
In Wahrheit gegen Philipp doch ge-
  richtet.
Vasquez. Den Widerspruch werd' ich zu
  lösen wissen;
Mein Freund muß rein von allem
  Makel werden.
Perez. Zu spät entfacht sich Ihrer
  Freundschaft Glut.
Den Lebenden zu warnen, zu beschützen,
Das ist des Freundes rühmlicher Beruf.
Vasquez. Kein Saumsal hemmte meiner
  Freundschaft Walten.
Und niemals ließ ich ohne Rath ihn
  wandeln
Auf jener Schwindelbahn der Politik,
Die gegen Alba stets die Spitze kehrt.
Allein Don Pedro's Eifer, sein Ver-
  trauen
Auf Ihre Macht und die der Herzogin
Riß allzu weit ihn fort.
Perez. Ja, Don Matheo,
Wohl allzu weit, bis in das Grab
  hinunter.
Vasquez. Darum, konnt' ich nicht Retter
  sein des Freundes,
So will ich doch des Todten Rächer
  werden!
Perez. Nicht mich kann Ihrer Rache
  Droh'n erschrecken.

Nicht höher steh' ich nur, ich steh' auch
 fester,
Als ich vor wenig Stunden noch ge-
 standen,
Und nützen werd' ich meine Vollgewalt.
Vasquez. Sie kennen mich als einen
 Mann von Ehre,
Der, was er angelobt, auch ganz voll-
 führt.
Wie meine Freundschaft ich nicht bergen
 kann,
Die für den Vetter stets ich treu gehegt,
Leg' ich auch meinem Haß nicht Zügel an.
An meines Freundes Leichnam schwur
 ich Rache,
Und weder Königshuld noch Höflings-
 dienst
Lenkt mich von dem erkor'nen Ziele
 weg.
Perez. Ja wohl, ich kenne Sie als Mann
 von Ehre,
Dem sein geg'nes Wort so heilig wie
Das Evangelium; wir sollten also
Uns einen, statt uns ewig zu ent-
 zweien.
Verlassen Sie den Irrpfad, der Sie nur
In das Verderben führt, und halten
 Sie
Als einz'gen Leitstern den Gedanken
 fest:
Der König wollte, daß Don Pedro fiel,
Und keine Rettung gab es mehr für ihn.
Vasquez. Sein Fall war unabwendbar,
 und ich muß
Gesteh'n, Sie greifen nicht nach kleinen
 Mitteln,
Um was Sie hindert aus dem Weg zu
 bringen.
Perez. Der König gab den Auftrag, ich
 vollzog ihn.
Vasquez. Entsetzlich ist's, solch einen
 Auftrag geben,
Doch noch entsetzlicher, ihn auszuführen.
Solch einen Biedermann zu tödten, oh!
Perez (versöhnlich). Er fiel ein Opfer allzu
 kühnen Strebens;

So wollen trauernd seiner wir ge-
 denken,
Des Friedens Palme pflanzend auf
 sein Grab,
Damit nicht unser Streit die Ruh' ihm
 störe.
Vasquez. Ich will ihm ehrenvolle Ruhe
 schaffen.
Perez. An Ehren fehlt's ihm nicht; an
 seiner Bahre
Vergoß Madrid schon viele Schmerzens-
 thränen.
Der König aber will, daß nicht zu lange
So düst're Stimmung auf der Stadt
 sich lag're,
Und um des Königs Wunsche zu ent-
 sprechen,
Der minder schwer nicht wiegt, als ein
 Befehl,
Veranstalt' ich ein glänzendes Bankett,
Wie ich noch keines meinen Freunden
 gab.
Die Granden, die zu allen meinen Festen
So zahlreich kommen, lad' ich alle
 wieder,
Ja, auch das Volk soll sich daran er-
 freuen,
Und solch ein Jubel soll die Stadt
 durchschallen,
Daß meines gnäd'gen Fürsten Ohr
 vernimmt,
Wie schnell Madrid aus einer Trauer-
 stätte
In einen Freudentempel sich ver-
 wandelt; —
Und in dem Kreis der edelsten Ge-
 schlechter,
Die meines Hauses Räume stets er-
 füllen,
Läßt sich ein Vasquez allzu schwer ver-
 missen,
Und da Sie niemals fehlten, hoff' ich
 sicher, —
Vasquez (ernst). Ich werde kommen,
 Don Antonio.
Perez. Der König wird mit uns zu-
 frieden sein.

Auf Wiedersehn! (Rechts ab.)
Vasquez (allein, düster). Ja wohl, auf
 Wiedersehen!
Doch nicht als Gast, als Rächer werd'
 ich kommen.
Zu rasch geschah die That, daß mir
 erbangt
Ob dieser so verhängnißvollen Eile.
Der Blitz fährt kaum so schnell zur
 Erde nieder.
Als meines Vetters Haupt dem Urtheil
 fiel,
Das über ihn verhängt des Königs
 Spruch. —
Man wußte wohl schon vor der
 Audienz,
Daß schnöder Hochverrath verborgen
 liege
In Escovedo's faltenlosem Innern.
Doch wer es wußte, wer, muß ich ent-
 decken, —
Und weiß ich es, dann weiß ich, was
 zu thun. (Rechts ab.)
(Vorhang fällt.)

Vierter Act.

Großer Saal mit einer Galerie rechts, die einen erkerartigen Vorsprung hat, rückwärts ein geräumiger Corridor, der zum Spiel- und Tanzsaal führt; zu beiden Seiten des Saales Fenster, Bogengänge und Thüren; mitten im Saale mehr gegen rückwärts ein Tisch mit Trinkgeschirren. Männliche und weibliche Masken, die weiblichen Masken sieht man nur im Corridor. Dann Herren in gewöhnlichem, spanischem Festcostüm, am Tisch, im Gespräche mit einander oder bald da, bald dort zusammentretend. Rückwärts rechts eine kleine Estrade mit Trompetern, Dienerschaft ringsherum in prunkender Livrée; alles deutet auf Pracht und Verschwendung. Man hört gedämpfte Musik aus dem Tanzsaal, die beim Aufgehen des Vorhanges schweigt.

Erste Scene.

Perez. Vasquez. Graf Cifuentes.
Don Luis. Don Gregorio. Godo.
Ruy. Volk (außen). Anna (in schwarzem
 Domino mit goldenen Spangen).

Perez (vorne rechts stehend, für sich).
Drei Tage schon vorbei und stets noch
 führen
An Escovedo's Grab mich die Gedanken.
(Laut, sich gegen den Corridor wendend.)
Musik! Musik! Warum schweigt die
 Musik?
(Er winkt, ein Diener eilt nach dem Corri-
 dor ab.)
Perez (tritt zu mehreren Herren).
Volk (außen). Hoch, Don Antonio!
Perez. Vergebt, Ihr Herren.
Ihr wißt, das Volk ist ein gar
 schlimmer Gast,
Und fordert, was es wünscht, mit Un-
 stüm.
(Empfiehlt sich, geht zum Fenster links, wo
 zwei Diener mit Geldschüsseln
 stehen, und wirft Geld hinaus.)
Vasquez (steht vorne links, Alles beob-
 achtend).
Noch schlimmer ist der Gast, den ich
 gebracht,
Ein lebend Conterfei von einem Todten.
Wenn Perez dem in's Auge furchtlos
 blickt,
Dann trägt er keine Schuld an Pedro's
 Mord.
(Er sieht herum und winkt Ruy zu sich, der
 in der Nähe in Domino gehüllt
 bei andern Masken steht.)
Ruy (tritt zu Vasquez).
Vasquez (halblaut zu Ruy).
Bald ist es Mitternacht, nun dort hinauf,
 (zeigt auf die Galerie)
Und sage, gleichsam warnend, ich die
 Worte:
„Solch' frevles Spiel mit einem Todten
 treiben,
Heißt ihm den Deckel von dem Sarge
 reißen,"

So trittst Du ohne Mantel vor und
  starrst
Nach Perez, wie man's von Gespenstern
  sagt,
Mit glühem Aug' und aufgehob'nem
  Arm,
Dann eilst Du schnell hinab zur Hinter-
  treppe,
Von wo Du leicht aus dem Palast ge-
  langst.
Ruy (verneigt sich zustimmend und mischt sich
  unter die Masken).
Vasquez (für sich). Die Maske ist ganz
  treu, er wird erzittern,
Denn allzu gut merkt' ich in diesen
  Tagen,
Wie er es mied, von meinem Freund
  zu sprechen.
Und seine Fantasie will ich so reizen,
Daß er Don Pedro selbst zu sehen
  glaubt,
Der feur'ge Wein wird mir mein Werk
  erleichtern.
Volk (außen). Hoch, Perez, hoch!
Graf (zu Vasquez tretend). Das Volk
  vergöttert Perez,
Weil ihm das Glück wie keinem Andern
  hold.
Vasquez. Des Volkes Gunst ist wechselnd
  wie der Mond,
Und wetterwendisch ist des Glückes
  Huld.
Auch meinen Vetter traf des Blitzes
  Strahl,
Als er im hellsten Sonnenlichte ging;
So kann auch Perez plötzlich sein
  Geschick
Ereilen.
Graf. O, welch' düstere Gedanken!
Vasquez (absichtlich laut, daß es Perez
  hören muß).
Ich denk' an Escovedo Tag und Nacht,
Im Traum und Wachen steht sein Bild
  vor mir.
Perez (der indessen mit verschiedenen Herren
  in der Nähe sprach, wendet sich
  zu Vasquez).

Sie huld'gen Ihrem Schmerz zu viel,
  Sennor,
Und das Gewölk auf Ihrem Angesicht
Wirf seine Schatten auf mein Freuden-
  fest.
Versuchen wir den neuen Frankenwein.
  (Geht zum Tisch und nimmt einen Pokal.)
Er soll zwar die Grandezza sehr ge-
  fährden,
Doch alle Grillen aus dem Kopfe fegen,
Wie unser Malvasier es nicht vermag.
Vasquez (ernst). Die Grillen wohl, doch
  nicht das Herzeleid.
Graf (nimmt einen Pokal, gibt ihn Vasquez
  und nimmt einen für sich).
Sennor, hinweg mit Grübeln und mit
  Grämen,
Den Freudenbecher in die Hand ge-
  nommen,
Wir sind in Don Antonio's Lustgefild.
  (Zu Perez und den umstehenden Herren,
  die gleichfalls Pokale genommen
  haben.)
Und dieser Ort, der gastlich jetzt uns
  eint,
Mög' immer seine Zauberkraft be-
  währen,
Und sein Besitzer lang darinnen walten!
  (Winkt den Musikern; Tusch.)
Alle Gäste (klingen an und trinken).
  (Diener füllen die Pokale wieder.)
Perez. Mein Dank bring' meinen Gästen
  Glück und Heil! (Tusch.)
  (Diener füllen die Pokale wieder.)
Vasquez. O könnte diesen Wunsch mein
  Freund vernehmen,
Der edle Mann, hold dem gesell'gen
  Treiben,
Das er in diesem Raum oft selbst er-
  höht.
Noch seh' ich ihn mit lustverklärtem
  Antlitz
Vom Erker dort in das Getümmel
  schauen, (deutet hinauf)
Indeß manch treffend Wort dem Mund
  enteilte.

(Zu Perez.) Nicht wahr, Sennor, auch
    Sie erinnern sich?
Perez (etwas gedrückt). Ja wohl, Sennor,
    dort war sein Lieblingsplatz.
Vasquez (absichtlich aufschreiend und zur
    Galerie zeigend).
  Da seht Ihr, Herren! — (Sich gleichsam
    fassend.) Doch nein!
Graf. Was, Don Matheo?
Vasquez (als wär' er tief ergriffen).
  Ich glaubt' ihn dort zu seh'n; es war
    nur Täuschung.
Perez. Sie regen allzu sehr sich auf,
    Sennor!
Vasquez. Und denken Sie mit Gleich-
    muth an den Edlen,
  Dem schnöder Meuchelmord das Leben
    stahl?
Perez. Mit Wehmuth denk' ich sein und
    diesen Becher
  Weih' ich zu ehrendem Gedächtniß ihm.
    (Es schlägt 12 Uhr.)
Vasquez (halblaut zu Perez).
  Das wagen Sie, Sennor, um diese
    Stunde,
  Um Mitternacht, wo die Ermordeten
  Aus ihren Gräbern steigen, wie man
    sagt,
  Und Rechenschaft von ihren Mördern
    fordern?
Perez (seine Beklemmung unterdrückend zu
    Vasquez).
  Ich wag' es, ja! (Laut.) Ihr Herren,
    diesen Becher,
  Bring' ich dem Angedenken Escovedo's!
  Und dreifach töne der Trompeten Schall!
    (Er winkt, dreifacher Tusch.)
Alle Herren (trinken und geben die Becher
    ab oder stellen sie weg).
Vasquez (nimmt Perez zur Seite und
    sagt, so daß es Ruy hören kann)
  Solch' frevles Spiel mit einem Todten
    treiben,
  Heißt ihm den Deckel von dem Sarge
    reißen.
Perez (mit leichtem Hohn, um gleichsam sich
    selbst zu beruhigen).
  Doch fruchtlos ist Ihr Stürmen und
    Ihr Drängen,
  Es weckt den Todten nicht aus seinem
    Schlaf.
Ruy (tritt ohne Mantel im Costüme Esco-
    vedo's und einem ähnlichen
    Bart an die Brüstung des Erkers
    und hebt drohend die Hand gegen
    Perez).
Vasquez (zeigt hinauf). Und dennoch ist
    er da!
Perez (sieht hinauf und fährt zurück).
  Bei Gott, Don Pedro!
  Er droht! Sollt' ich statt ihn mich
    selber opfern?
Ruy (verschwindet).
Vasquez (halblaut zu Perez). Das wollt'
    ich wissen, Don Antonio!
Perez (sich fassend, laut). Und ich will
    wissen, wer mir das gethan.
Einige Herren (die aufmerksam geworden
    sind). Was ist gescheh'n?
Andere Gäste. O, seht die Beiden an!
Perez (zu seinen Dienern). Ergreift die
    Maske, welche dort sich zeigte.
Luis (zum Grafen). Die alte Feindschaft
    bricht auf's Neue los.
Graf. Ob einer Maske?
Luis. Ja, so scheint es fast.
Vasquez (stellt sich mit gezogenem Degen
    beim Aufgang zur Galerie den
    Dienern entgegen).
  Zurück, die Maske steht in meinem
    Schutz!
Die Herren (gruppiren sich mit gezogenen
    Degen theils um Perez, theils
    um Vasquez).
Perez (der den Degen nicht gezogen hat, mit
    erzwungener Ruhe zu seinen
    Partnern).
  Ich dank' Euch, Herr'n, nicht gegen
    einen Gast
  Zieh' ich den Degen, und ein Mißver-
    ständniß
    (Durch einer Maske Tracht hervor-
    gerufen)

Löst leichter sich durch Worte als durch
 Waffen.
(Im Tone des Scherzes.)
Die Geisterstunde ist vorbei und mit ihr
 Wohl auch die bösen Geister, die uns
  störten
Auf's Neue denn zu Spiel und Tanz
 geeilt,
Und ohne Zügel walte Lust und Scherz!
(Die Musik beginnt wieder, die zusammen-
gelaufenen Gäste und Masken trennen sich
wieder und begeben sich größtentheils nach
rückwärts durch den Corridor hinweg oder
verweilen daselbst; auch Graf Cifuentes
und Don Gregorio ziehen sich zurück.)
Perez (hat einige Worte indeß mit Godo
 gesprochen).
Godo (geht links ab).
Perez (spricht mit mehreren Herren).
Godo (kommt mit zwei Bechern auf einer
 Tasse zurück und bleibt bei
 Perez stehen).
Vasquez (der bisher vorne rechts gestanden,
 für sich).
So dunkel als die That, ist klar die
 Schuld,
Doch ist die Wahrheit noch nicht ganz
 enthüllt.
Ich aber laß' ihn nimmer aus den
 Augen,
Gleich seinem Schatten will ich überall
Ihm folgen, und kein Wort aus seinem
 Munde
Soll achtlos meinem Ohr vorüber-
 gleiten.
Luis (hat Vasquez beobachtet).
Sein Auge flammt, entfacht von grim-
 mer Wuth,
Verderben bringt so ungezähmter Haß,
Um Tita's willen möcht' ich Frieden
 stiften.
(Tritt zu Vasquez und redet ihm eifrig zu.)
Perez (links nach vorne tretend für sich).
Noch einen Mord? Und dann, dann
 wieder einen?
Und wieder einen? Und so fort? —
 Nein, nein!

In Blut nicht will ich wandeln meine
 Bahn,
Trag' ich am ersten Mord schon allzu
 schwer;
Und der auch wird gesühnt, wenn ich
 den zweiten
Nicht mehr vollführ', obgleich ich ebenso
Vor Strafe sicher ihn vollbringen könnte.
Don Vasquez will ich anders zu besie-
 gen suchen:
In einen Freund will Vasquez ich mir
 wandeln,
Dadurch gewinn' ich seinen Anhang
 auch.
Ein Freund, der lebend uns zur Seite
 steht,
Ist einem Feind im Grabe vorzuziehen.
(Er tritt zu Vasquez und Luis.)
Luis (zu Vasquez, auf Perez deutend).
Schon naht versöhnlich Don Antonio.
(Entfernt sich grüßend nach rückwärts.)

Zweite Scene.
Perez, Vasquez.

Perez. Ja, Don Matheo, was auch erst
 geschehen,
Wir wollen uns versöhnt die Hände
 reichen. (Er winkt.)
Godo (tritt mit den zwei Bechern herbei).
Perez (nimmt einen Becher).
Den mir der König selbst zum Freund
 empfohlen,
Dem schwör' ich treue Freundschaft nun
 auf immer. (Trinkt.)
Vasquez (nachdem er den andern Becher
 genommen, zornig).
Und ich, ich schwöre Haß und ew'ge
 Feindschaft! (Will trinken.)
Perez (hält Vasquez's Arm).
Halt, Don Matheo, halt, Sie trinken
 Tod
Aus diesem Becher sonst.
Vasquez. Den Ihren, ja! (Will trinken.)
Perez (Vasquez abhaltend).
Nein, Ihren Tod; vergiftet ist der
 Trank.

Vasquez. Vergiftet, dieser Trank? Vergiftet?

Perez. Ja!
Ich ließ ihn eben mischen; dieses Fläschchen —
(nimmt ein Fläschchen von der Tasse, zeigt es Vasquez und setzt es wieder hin)
Sie kennen ja die Form — enthielt aqua tofana,
In vierzehn Wochen wären Sie dahingesiecht,
Und Niemand hätte d'ran gedacht, Sie selbst nicht,
Daß Sie den Trank des Todes hier geschlürft.
Den Becher spend' ich sammt dem Inhalt Ihnen,
Bewahren Sie ihn auf zu stäter Mahnung. (Winkt Godo fort.)

Godo (geht links ab und kommt dann ohne Tasse und Becher wieder).

Vasquez. Entsetzen lähmt die Zunge mir.

Perez. Nicht wahr,
Sie seh'n, wie leicht ich Sie verderben könnte?
Ich aber will es nicht.

Vasquez (noch immer ergriffen).
Sie wollen nicht?
Sennor, Sie sind so fürchterlich, als groß!

Perez (lächelnd). Nicht wahr, ich greife nicht nach kleinen Mitteln,
Um, was mich hindert, aus dem Weg zu räumen?

Vasquez. Auch ich bin nicht so klein, als Sie vielleicht
Mich halten, und das Gift hat statt mich selber,
Den Ingrimm gegen Sie in mir getödtet,
Und jeder Feindschaft schwör' ich fürder ab!

Perez (froh, hastig). Sie geben mir als Edelmann Ihr Wort,
Mich nirgend, nie und nimmer zu gefährden?

Vasquez (die Hand erhebend).
Sennor, bei Gott und allen Heiligen,
Bei meiner Ehre schwör' ich's, die nächst Gott,
Dem Spanier das höchste Gut auf Erden!
(An den Degen greifend.)
Mit diesem Degen will ich mich durchbohren,
Hält nicht mein Mund, was diese Hand geschworen!

Perez. Nun, Don Matheo, fürcht' ich Sie nicht mehr. (Reicht Vasquez die Hand.)

Vasquez (für sich). Jetzt wird er sprechen, und ich, ich will handeln.
(Laut.) Dann ziehen Sie den blut'gen Schleier weg,
Der meines Vetters jähen Tod umhüllt,
Und geben Sie mir Wahrheit, volle Wahrheit!

Perez (vorsichtig). Die gab der König Ihnen schon.

Vasquez. Der König?
Ei, die —

Perez Und eine and're gibt es nicht.

Vasquez (sich zornig abwendend, für sich).
Es gibt noch eine, und die muß ich haben
(laut) Ich geh' zum Spiel. (Wendet sich gegen rückwärts.)

Perez. Ich gleichfalls, Don Matheo.
(Wendet sich ebenfalls.)

Dritte Scene.

Anna (in einem schwarzen Domino mit Larve, war vom Beginn des Actes öfters auf der Scene und besonders bei Run's Vortreten nahe bei Perez, so daß sie von allem weiß; sie tritt nun an Perez und ruft):
Antonio!

Vasquez (hat es gehört, für sich). Das ist die Herzogin.
(Er schleicht sich an einen Bogengang links um zu horchen.)

Perez (zu Anna tretend). Noch hier? Versprachst Du doch, sogleich zu gehen.
(Sieht sich vorsichtig um, bemerkt aber Vasquez nicht.)
Anna. Gut war's, daß ich noch blieb; was sprachst Du denn
Vom Opfern in dem Streit mit Don Matheo?
War es denn nicht des Königs eig'ner Spruch,
Dem Escovedo fiel, — wie Du mir sagtest?
Perez. Wohl war es so, doch fiel er auch für uns;
Du weißt ja, was er zu dem König sprach; —
Durch meine Warnungen nicht mehr gezügelt
Grub er, wie ich gewollt, sein Grab sich selbst.
Nun ist er dort und wird uns nimmermehr
In unsern trauten Liebesfreuden stören.
Anna. Und jene Maske?
Perez (etwas ungeduldig). Alles sollst Du hören,
Doch nur nicht hier; wenn Tita Dich erkennt.
Anna. Du fürchtest Dich vor ihr?
Perez Ich will vor Gram
Und Kränkung sie bewahren; sie verdient,
Daß ich mit zarter Schonung ihr begegne,
Anna (erbost). Ei, seht mir doch den liebevollen Gatten! —
Und die Geliebte, die seit manchem Jahr
Für Dich gethan, was noch kein Weib gewagt,
Die Dich auf ihren Händen hob empor
Bis an den Thron, die keinen König scheute,
Die soll sich nun vor Deiner Gattin fürchten?
Perez. Nicht so ist es gemeint, — des Hauses Frieden, —

Anna. Willst Du mit meiner Liebe Preis erkaufen.
Perez. Schon wieder dieses Stürmen. Liebe Anna,
So hältst Du Dein Versprechen, daß nicht mehr
Solch kleinlich Wort von Deinen Lippen komme?
Anna (sich bemeisternd). Nun denn, ich will sogleich von dannen gehen.
Perez. Nimm meinen Dank! Ich muß zu meinen Gästen;
Viel Wichtiges hab' ich noch heut zu schlichten,
Und leicht gelingt's bei Spiel und Becherklang,
Mir die Partei des Vasquez zu gewinnen.
Anna (zutraulich). Das schöne Herzogthum von Beinidero,
Vielleicht schon morgen nennst Du es Dein eigen.
Perez (galant). Du häufst stets neue Schuldenlast auf mich.
Anna (etwas spitz). Kann ich durch Liebe nicht Dich mir erhalten,
Will ich's durch Dank. (Ab gegen den Corridor rechts.)
Perez (für sich). Sie dauert mich, und doch,
Soll ich einst frei und unabhängig schalten,
Muß ich auch diese Fessel von mir streifen. (Er geht nach dem Corridor und bleibt mit nach rückwärts gewandtem Gesicht bei einigen Gästen so lange im Gespräche, bis Tita eintritt.)
Vasquez (an dem Bogen so vorwärts tretend, daß ihn Perez nicht sehen kann).
Das Unerhörte hab' ich nun gehört,
Die fürchterliche Wahrheit, voll und ganz!
Und ungesäumt will ich vollzieh'n, was ich

4

An meines Vetters Leiche schwor. Nun rasch
Zum König. Vorbereitet hab' ich alles,
Daß schnell und sicher trifft der Rache Pfeil.
Doch auch den Schwur, den ich Dir, Perez, that,
Ich werd' ihn wahrlich auch zu halten wissen! (Vorne rechts ab.)

(Gedämpfte heitere Musik beginnt.)

Vierte Scene.

Tita, dann Luis.

Tita (von links in großer Festtoilette eintretend, sieht Perez abgehen und ruft:)
Antonio, ein Wort! — Er hört mich nicht,
Musik verschlingt die Laute meines Mundes. —
O klingt nur fort, ihr frohen leichten Töne!
Wie ihr mit luftbeschwingtem Flügelschlage
Durch dieses Hauses weite Räume schwebt,
So wogen holde, wonnige Gefühle
Durch mein von Liebe süßbewegtes Herz.
Als ich Antonio heut' im Festgewande
Entgegentrat, da sah ich seinen Blick
Mit freudigem Erstaunen auf mir ruhen.
O, dieser Blick! hätt' ich ihn fesseln können! —
Könnt' ich noch einmal ihn dem Aug' entlocken, —
Er würde mir zum hellen Sterne werden,
Zur Morgensonne eines neuen Tages!
Luis (aus dem Corridor kommend).
Sennora hier?
Tita. Und glücklich, froh gestimmt.
Luis. Und darf der Freund die Frage thun, warum?
Tita (etwas schüchtern). Es dürfte klein und kindisch Euch bedünken.
Als mein Gemal mich heut' erblickte, sprach er:
So schön, wie heute, sah ich Dich noch nie.
Luis (ergriffen). Seh' ich Euch, Tita, mädchenhaft erröthen,
Erschauert meine Brust in tiefster Rührung.
Hofft nicht sogleich auf einen schönen Tag,
Weil plötzlich durch Gewölk die Sonne bricht;
Denn Hoffnungen sind wache Träume nur.
In heft'ger Lohe flammte, mehr als je
Mit Don Matheo heut' empor die Zwietracht.
Tita (ängstlich). Ihr gebt mir Kunde, wenn Gefahr uns naht,
Und Eure Hand reicht Ihr mir hilfreich stets?
Luis (warm). Ich weihte ganz mich Eurem Dienst, Sennora;
Mein Leben acht' ich einem Sandkorn gleich;
Beliebt es Euch, so weht es, wann Ihr wollt,
Mit einem leisen Athemzug hinweg. —
(Leiser, vertraulich.) Und saht Ihr jene schlanke Dame nicht,
Im schwarzen Domino mit gold'nen Spangen?
Tita. Ja wohl, sie kreuzte öfters meinen Weg,
Und eilte wieder rasch in das Gedränge. Wer ist sie?
Luis. Möchtet Ihr es nie erfahren!
Lebt wohl, mich ruft mein Dienst nach Hof. — Da ist sie. (Zeigt auf Anna, rechts ab.)

Fünfte Scene.

Tita. Anna (kommt von rückwärts).

Anna (für sich, aufgeregt). Die Glückliche will ich noch einmal sehen,

Und ihr der Liebe Honigseim vergiften.
(Zu Tita tretend und nach rechts zeigend,
woDon Luis abging.)
In trauter Zwiesprach, schöne Donna
Tita?
Tita (kalt, förmlich). Mit einem Freunde,
Der sich stets bewährt.
Anna. Sennora, Freundschaft zwischen
Herrn und Damen,
Ist oft geheimer Liebe Maske nur.
Tita (streng). Gilt mir dies Wort?
Anna. Wenn es Sie trifft. (Sich ermannend.) Nein, nein,
Die Maskenfreiheit will ich nicht mißbrauchen.
Verzeiht, Sennora, doch ich bin ein Weib,
Das furchtbar unter jenen Streichen leidet,
Womit der Höllengeist der Eifersucht
Das Seelenblut aus Frauenherzen geißelt;
Mich foltert fort und fort der wilde Dämon,
Den unser Heiland selbst nicht bannen kann,
Wenn er Besitz vom Frauenbusen nahm.
Tita. Dann muß ich statt zu zürnen, Euch bedauern.
Und habt Ihr Grund dem Gatten zu mißtrauen?
Anna. Er, den ich liebe, ist an eine And're
Gebunden durch der Ehe eisern Band.
Tita. Ihr hegt verbot'ne Liebe in dem Herzen?
Anna. Verbot'ne Liebe? Läßt das Herz sich lenken
Vom Staatsgesetz, von kirchlichen Geboten?
Sennora, Ihr scheint Liebe nicht zu kennen.
Tita (feurig). Ich nicht die Liebe kennen? Ich? Verzehrte
Mich Liebe nicht und ungestilltes Sehnen?

Bracht' es mich nicht bis an des Grabes Rand?
Ich läge lange schon, zu Staub zerfallen,
Wär' ich Antonio's Gattin nicht geworden.
Anna. Die Gattin seid Ihr, doch ob auch geliebt?
Tita (streng). Nur eine Maske darf so kühn sich äußern.
Wenn ich Antonio dies sagte, wahrlich,
Er würde eines Bessern Euch belehren.
Anna (für sich). Ich ging zu weit. (Laut.)
Vergebt! Ihr wißt, Sennora,
Der Dämon, der da haust in meiner Brust, —
Tita. Er zeigt Euch überall das Böse nur.
Anna. Ja wohl; —— doch sagt' ich nur, was alle Welt sagt.
Tita. Ihr urtheilt, wie die Welt, nur nach dem Schein.
Anna. Und seid Ihr Eures Gatten gar so sicher?
Tita (fest, ruhig, groß). Ich kenne meines Gatten hohen Sinn,
Ein Geist, wie er, so klar, so feurig strebend,
Verliert sich nicht in nied're Liebeleien, —
Ihr wißt nicht, was ihn Tag und Nacht bewegt.
Anna (heftig). Ich weiß es nicht? (Für sich, sich bemeisternd.) Jetzt könnt' ich sie vernichten,
Mit einmal ihres Herzens Wahn zerstören;
Doch soll sie noch nicht wissen, wer ich bin.
(Laut, vertraulich.) Ich weiß es ganz genau, die Herzogin
Von Francavilla ist ja meine Freundin,
Und kein Geheimniß hält sie mir zurück.
Sie fördert Don Antonio's große Pläne, —
Und er liegt huldigend zu ihren Füßen.
Tita. Gerade so wie alle Herrn bei Hofe.

4*

Anna. Die Herzogin bevorzugt ihn vor
    Allen.
Das thut sie wohl nicht ohne trift'gen
    Grund;
Man sagt: Antonio's Huldigungen
Erschienen ihr am meisten wahr ge-
    meint.
Tita. Ein Staatsmann übt sich täglich in
    der Kunst,
Den Schein der Wahrheit täuschend
    nachzubilden.
Anna. Sie zeihen Ihren Gatten selbst
    der Falschheit,
Der Heuchelei?
Tita. Das sagt' ich nicht, Sennora!
Ich liebe meinen Gatten allzu sehr,
Um ihm so schwere Laster aufzubürden;
Den Staatsmann aber trenn ich von
    dem Gatten.
Mir gegenüber nimmt er keine Larve
    vor,
Da tönt kein prunkend Wort von seinen
    Lippen;
Er ist so einfach, gut und schlicht und
    mild,
Wie ihn die andern Alle niemals sehen.
Bei mir läßt er sein Herz allein nur
    reden,
Und tröstend sag' ich mir im Stillen
    dann:
Nicht Liebesgluten für ein fremdes
    Weib,
Nur Ehrgeiz treibt von meiner Seite
    ihn.
Anna (bebend). Und doch hat mir die
    Herzogin vertraut,
Daß Don Antonio ihr in Lieb' ergeben.
Tita (ruhig, sicher). Wollt Ihr in mir den
    wilden Dämon wecken,
Der Euch so grausam unaufhörlich quält?
O, meine Liebe fußt auf anderm Boden.
Was Euch die Herzogin gesagt, ist un-
    wahr,
Mit oder ohne Zweck belog man Euch.
Anna (in größter Aufregung).
Ist unwahr, was ich sprach, nun dann
    belog
Sich selbst die Herzogin von Francavilla.
    (Reißt sich die Larve ab.)
Tita (aufzuckend). Sie selbst, Sennora?
    (Zu einem rückwärts stehenden Diener.)
Ruf' mir meinen Gatten!
    (Zu Anna.) Er soll entscheiden, wer die
    Wahrheit sprach.
Anna (drängend). Nicht ihn gerufen, nicht
    mich so erniedrigt.
Tita (winkt dem Diener zu bleiben).
Anna (trostlos). Er wird sich für die Gattin
    nur entscheiden.
O, sagen Sie ihm nicht, was ich ge-
    sprochen!
Tita. Die Gattin selber bitten Sie darum?
Anna (mit Nachdruck). Die Gattin selbst.
Tita (zögernd). Nur ungern sag' ich's zu.
Anna. Verzeih'n, vergessen Sie, daß ich
    hier war.
Tita (siegesfroh). Nichts von verzeih'n,
    Sennora, von vergessen!
Ich werde dessen dankbar stets gedenken.
Von nun an wird mein Herz ganz ruhig
    schlagen,
Denn alle die Gerüchte, die mein Ohr
Mit dumpfem Schall gar oft umschwirrt,
    bedrängt,
Verhallen jetzt in inhaltloses Nichts.
    (Links ab.)
Anna (knirschend). Unsel'ger Dämon, wo-
    hin treibst du mich?
Sie ging hinweg im Hochgefühl des
    Sieges;
Doch triumphirt sie wahrlich allzu sehr.
Noch hab' ich Mittel, ihn an mich zu
    ketten,
Wovon die Aermste keine Ahnung hat.
Leg' ich den Herzogshut in seine Hände,
So sinkt er dankbar freudig an mein
    Herz;
Und meine Arme um ihn schlingend
    ruf' ich:
Antonio, mehr als je, bist du nun mein!
    (Rechts ab.)

Sechste Scene.

Perez (aus dem Corridor und zwei Diener mit Geldschüsseln), dann **Godo**.

Perez. Nur mit den Schüsseln her! Das blinde Glück,
Nicht soll es mich, den Reichen, reicher machen.
(Zu einem der Geldschüsseln tragenden Diener.)
Du liebst ein armes braves Mädchen, hört' ich,
Trag' Deine Schüssel ihr als Brautschatz heim.
(Diener küßt Perez knieend die Hand und geht frohlockend links ab.)
Ich finde Don Matheo nirgend mehr.
Er that auch besser, still sich zu entfernen.
Sein Puppenspiel fand aller Gäste Tadel,
Mir aber macht dies Festmahl alle Granden
Und Herren vom Schwert, der Insul und der Feder
Zu treuen Freunden und zu Bundsgenossen.
Es beugen Alle sich vor meiner Macht;
Und kommt der Tag, wo König Philipp endlich
Von seinem Throne steigt, nehm' ungehindert
Den Scepter Spaniens ich in die Hand.
So hab' ich mit des Geistes Kraft und Klugheit
Mein Schicksal mir gebaut auf hohem Felsen,
An den ohnmächtig das empörte Meer
Tief unten seine wilden Wogen schleudert.
(Geht zum Fenster, wo er früher Geld ausgeworfen.)
He da, hier ist noch Geld in Hüll' und Fülle!
Doch halt, — was stiebt die Menge auseinander,
Gleichwie von eines Drachen Nah'n geschreckt?
Fort, bring mir Kunde!
(Diener stellt die Schüssel weg und links ab.)

Siebente Scene.

Perez. Luis (kommt von rechts mit einer Schrift, hinter ihm Soldaten). **Godo**.

Luis (bewegt). Don Antonio!
Perez (sich nach Luis wendend). Wie, schon zurück, Don Luis?
Luis. In schwerer Pflicht.
Godo (hört aufmerksam auf Alles).
Perez. Das Auge düster und die Stimme bebend,
Was soll's?
Luis. Mit einer großen Schaar Soldaten
Ward auf Befehl des Königs Ihr Palast
Umstellt.
Perez. Und welchem meiner Gäste gilt
Der Ueberfall?
Luis. Den Gästen nicht, dem Wirthe!
Perez (aufzuckend). Wie, mir?
Luis. Hier der Verhaftsbefehl vom König.
Ihn gab mir Don Matheo.
Perez (auffahrend). Don Matheo?
Wie Don Matheo selbst? Er schwor ja doch,
Bei Gott, er schwor bei seiner Ehre mir,
Mich nirgend, nie und nimmer zu gefährden.
Luis. Er gab mir finster lächelnd dies Papier.
(Zeigt Perez den Verhaftsbefehl.)
Perez (aufgeregt). Und nicht auch seinen blut'gen Degen mit?
Er trägt ihn noch wie jeder edle Spanier?
Das Blut rollt noch wie sonst in seinen Adern?
Hätt' Escovedo so mir zugeschworen,
Bei Gott, er schliefe nicht den ew'gen Schlaf.
Ehrloser Vasquez, so am Feind sich rächen,
Heißt um der Rache Frucht sich selber bringen!
Und jetzt war er beim König?
Luis. Ja, Sennor,
Sie kennen den Befehl des Königs, ihn

Bei wichtigen Geschäften Nachts zu wecken.
Perez. Ja, wichtig ist's für Vasquez, mich zu stürzen.
(Zu Luis.) Den König zu bewegen, daß so schnell
Er mich verwirft, gab es nur Eines, Eines,
Das Gift der Eifersucht ihm einzuträufeln.
Luis. Was Don Matheo hier erlauscht, theilt' er
Dem König mit.
Perez. Mich rettungslos zu stürzen,
Meineid'ger Vasquez, ist dir nun gelungen.
Doch hab' ich Freunde noch und habe Diener,
Die für mich kämpfen, für mich fallen werden.
Luis. Vergeblich wäre jeder Widerstand,
Denn selbst Geschütz ist unten aufgefahren.
Perez. So laßt die Schergen ihres Amtes walten!
Luis. Sennor, vergeben Sie, doch meine Pflicht.
(Er winkt, Soldaten umringen Perez.)
Perez. Ich weiß und nichts soll Sie darin beirren.
Will man die Hände mir in Ketten legen,
Die thätig stets für Spaniens Wohl gewesen?
Luis. Den Degen, bitt' ich, Don Antonio!
Perez. Hier nehmt, Don Luis. Er beschützte mich
Stets treu im Krieg mit den Ungläubigen,
Und treu auch stets im Kampf mit Nebenbuhlern;
Doch eines Spaniers Eidbruch zu verhüten,
Glaubt' ich nicht seiner zu bedürfen.
(Giebt den Degen ab.) Führt mich zum Tod!
Luis. Zur Haft, auf kurze Zeit vielleicht.

Perez. Wer weiß nicht, daß bei Philipp das Gefängniß
Den Zugang nur zu dem Schaffote bildet?
(Wendet sich zum Gehen.)
Godo (tritt hastig zu Perez, die Hand am Schwert).
Sennor, ich will dem falschen Don Matheo
Den lügenhaften Mund für immer stopfen!
(Will nach rechts hinauseilen.)
Perez (Godo nachrufend).
Du bleibst!
Godo (dreht sich um und bleibt stehen).
Perez. Ich gab mein Wort, sein Haupt zu schonen;
Ich bin ein Spanier und werd'es halten,
Daß seinen Schwur er brach, gibt mir kein Recht,
Auch Aehnliches zu thun.
Godo (heftig). Sennor!
Perez (streng). Nichts mehr!

Achte Scene.

Vorige. Tita (von links hereinstürzend).
(Der Corridor füllt sich mit Granden und Masken mehr und mehr.)

Tita. Was geht hier vor? Antonio verhaftet?
Und Ihr, Don Luis, führt selbst der Häscher Schar?
Perez. Nicht ihm gezürnt, nicht ihm; er ist ein Mann
Der Ehre und vollzieht nur seine Pflicht,
Weil Ehr' und Pflicht ein And'rer hat verletzt.
Tita (zu Luis). Ich zürn' Euch nicht, nein, nein, ich flehe nur,
Gebt meinen Gatten frei, o, gebt ihn frei!
Luis (zeigt auf die Soldaten achselzuckend).
Perez (zu Luis). Thut Eures Amtes! —
Tita, lebe wohl!

Tita (Perez umfassend). Ich weiche nicht
 von Dir, Antonio!
(Zu Don Luis.)
Laßt mich das Schicksal meines Gatten
 theilen!
Ich will nicht athmen frei, wenn er ge-
 fangen,
Und die Gefängnißnacht, mit ihm durch-
 lebt,
Ist mir willkomm'ner, als von ihm ge-
 trennt
Die gold'ne Sonne und des Aethers
 Blau.
Perez (heftig). Bringt mich hinweg!
Tita (wehmüthig). Er weiset mich zurück.
Des Kerkers Einsamkeit dünkt schöner
 ihm,
Als Freiheit in der Gattin Armen!
Perez (ernst und mild). Tita,
Ich weiche jetzt der Uebermacht, ich weiß,
Ein König Philipp kennt Verzeihung
 nicht.
Mein Haupt hängt nur mit einer Faser
 noch
An meinem Nacken; (mit steigendem
 Affect) doch so lang es hält,
Birgt es ein Meer voll wogender Ge-
 danken,
Die noch im letzten Augenblick vielleicht
Mein Lebensschiff zu sicher'm Hafen
 treiben. —
Leb' wohl, Du bist so fromm, so treu!
 Ja, Tita,
Um Deinetwillen wünscht' ich Freiheit
 mir.
(Rechts ab mit den Soldaten.)
Tita (begeistert nachrufend).
Sie soll Dir werden, mein Antonio!
Dein Wunsch erschafft mir eine neue
 Welt
Voll Seligkeit, und das Vergang'ne
 sinkt
In der Vergessenheit grundlose Tiefe!

Neunte Scene.

Don Luis. Tita. Don Gregorio.
Granden und andere Herren ohne Masken,
 welche allmälig vorgetreten sind.

Luis (für sich). O träf' auch mich ein
 solches Mißgeschick!
Ist seines Glückes Sonne auch ver-
 sunken,
Der Stern der Liebe geht ihm strahlend
 auf.
Tita (aus ihrer Extase erwachend). Don
 Luis, Don Luis, ihr steht mir hilfreich
 bei?
Luis (warm). Was meine schwache Kraft
 vermag, geschieht!
 (Rechts ab.)
Tita (sich an die versammelten Gäste wendend).
Ihr edlen Herren, Ihr habt oft meinem
 Gatten
Ergebenheit und Freundschaft zuge-
 sichert;
Verwandelt Eurer Worte schönen Klang
In Thaten, die Euch ehren und ihn
 retten.
Man raubt den Gatten mir und Euch
 den Freund,
Man führt ihn fort in feuchten, dumpfen
 Kerker, —
Und dann — zum Blutgerüst! — Ihr
 Herren, ich bitt' Euch, (halb
 niederkniend)
Erbarmt Euch mein und rettet, rettet
 ihn!
Man raubt mir Alles, wenn man ihn
 mir raubt!
O nicht gesäumt, laßt eine arme Frau
Nicht hilflos der Verzweiflung preis-
 gegeben!
Don Gregorio. Sennora, Alle wollen
 wir zum König;
Kein Schlaf soll früher unser Aug' er-
 quicken,
Als bis uns gnädiges Gehör geworden.
Und auch das Volk, hier erst so reich
 beschenkt,
Wird alsobald umlagern den Palast.

Der König wird dem Sturm des
    Flehens weichen,
Und bald wird Don Antonio, befreit
Aus seiner Haft, in Euren Armen
    liegen.
Tita (ist indessen aufgestanden und zeigt Muth
    und Entschlossenheit).
Gott lenke Eure Schritte, edle Herren!
Ich aber will noch mehr der Bitter
    werben.
Der Bischof von Madrid, der Nuntius.
Des Königs Beichtvater, der ganze
    Clerus,
Den mein Gemal so reichlich oft bedacht,
Soll mit mir an des Thrones Stufen
    eilen,
Und segnen soll den König keine Hand,
Bevor er nicht Antonio freigegeben!
Don Gregorio. Vereinter Macht kann
    Niemand widerstehen.
(Mit erhob'ner Hand.) Ihr Freunde,
    kommt, zum König, kommt!
Alle. Zum König!
    (Vorhang fällt.)

Fünfter Act.

Erste Scene.

Cabinet des Königs wie in den früheren Acten.

König Philipp, Graf Cifuentes.

Philipp. Kann denn Madrid seit Esco-
    vedo's Tod
Nicht mehr zur Ruhe kommen? Jeder
    Luftzug
Weckt es zu neuen Stürmen auf. Und
    Perez
Verfällt gerechter Strafe.
Graf. Majestät,
Beliebt in allen Schichten der Bevöl-
    kerung
War Don Antonio.
Philipp. Und mein Befehl?
Graf. Madrid fügt sich ergeben, doch
    erschüttert.
Philipp. Geht! Niemand, wer es sei,
    darf hier herein,
Bis ich das Zeichen mit der Glocke
    gebe.
Graf (ab durch die Mittelthür).

Zweite Scene.

Philipp (allein).

Sie kommt, für ihren Liebling Gnade
    suchend,
Als wär' sie ohne Schuld, die Heuch-
    lerin!
Entrüstet und erstaunt frag' ich mich
    selbst:
Bin ich der Philipp, der schon als
    Infant
Die Falschheit all' der Höflinge durch-
    schaute,
Die sich zu meinem Dienst voll Eifer
    drängten,
Nur um sich selbst, und nicht, um mir
    zu dienen? —
Ich lernte früh, mein Inneres ver-
    bergen,
Und in dem Knabenherzen welkte
    schon
Die farbenhelle Blume des Vertrauens,
Und Wurzeln schlug darin für's ganze
    Leben
Des Argwohns düst'rer, freudenloser
    Baum.
So hatte Mißtrau'n mir den Blick ge-
    schärft,
Daß ich von jeder Täuschung unberührt
In stolzer Ruhe meinen Scepter
    schwang.
Da trat dies Weib in meine Lebens-
    bahn;
Ganz anders schien sie, als die andern
    Frauen;
Der Drang der Sinne schien ihr fremd
    zu sein,
Der Geist allein des schönen Leibs
    Gebieter,
Und wie erhellt von höherm Einfluß
    wußte

Sie manche schwier'ge Frage leicht zu
  lösen.
Und Perez kam, so frisch und so ge-
  schmeidig,
Er schien von meinem Athem nur zu
  leben,
Von meinem Geiste nur beseelt zu sein.
Da fiel ich ab von meinem alten
  Grundsatz,
Zum ersten Mal in meinem langen
  Herrschen, —
Zum ersten Mal, — und ward so
  schwer betrogen,
Zum ersten Mal. — Doch auch zum
  letzten Mal!
(Es wird geklopft, der König öffnet die
  Tapetenthür links.)

Dritte Scene.
König Philipp, Anna (in großer
  Toilette links eintretend).

Philipp (geht noch rechts und wendet sich
  erst, nachdem Anna einige
  Worte gesprochen, zu ihr hin).
Anna (sich halb auf die Kniee lassend).
Mein königlicher Herr und Freund, ich
  will
Zu Ihren Füßen hier die Frage wagen:
Was hat den Herrscher Spaniens be-
  wogen,
Den ersten Diener seines großen Reiches
In eines Kerkers feuchte Nacht zu
  werfen?
Was that der oft erprobte treue Bote,
Der manches hohe köstliche Geheimniß
In festgeschloss'ner Lippe zwischen uns
Stets treu und sicher hin und wieder
  trug, —
Was that er, daß ihn Eure Majestät,
Gleich einem furchtbar zürnenden Je-
  hova,
Urplötzlich aus dem Himmel Ihrer
  Gunst
Hinunterschleudern in der Hölle Tiefen?
Philipp (streng). Sie wagen, dies zu
  fragen, Herzogin?

Anna (bestürzt). Wie, Herzogin? Nicht
  Anna mehr? nicht Anna?
Mein theurer königlicher Herr und
  Freund!
Philipp (kalt). Nicht Freund, nur
  Richter und ein strenger
  Richter.
Anna (des Königs Hand fassend, schmeichelnd).
Mein Gott, wie soll ich diese Sprache
  deuten?
Ist dieses Philipp's Auge, dies sein
  Mund?
Hat sich die gold'ne Sonne denn ver-
  wandelt
In einen unheilkündenden Kometen?
Der milde Zephyr in den eis'gen Nord?
Mein hoher Herr! nicht diese strengen
  Worte,
Nur einen güt'gen Blick wie sonst, nur
  einen!
Ein Wort nur, Majestät, ein gnädiges,
Daß Athem wieder meine Brust belebt,
Und meine Pulse aus dem Todesstocken
Zu neuem Lebensgange sich ermannen!
Philipp (wirft einen kalten Blick auf Anna,
  entzieht ihr die Hand und setzt
  sich).
Ihr Kleid ist sehr geschmackvoll, Her-
  zogin.
Ihr Auge glänzt, Ihr Mund weiß süß
  zu lächeln,
Doch auch die Schlange reizt durch
  schöne Farben.
Anna (traurig). O, wehe mir! so weit,
  so weit schon kam es,
Daß der Verleumdung pesterfüllter
  Qualm
Den klaren Sinn von Spaniens gro-
  ßem König
In unheilbare Finsterniß versenkte? —
Erhab'ne Majestät, nicht glauben Sie,
Was eines Vasquez falsche Zunge
  spricht.
Verdammen Sie nicht Perez ungehört!
Philipp (kalt). Ihr fleht für Andere;
  fürwahr, es wäre

Weit klüger, für Euch selbst vorerst zu
  bitten.
Anna (bestürzt). Wie? für mich selbst,
  Sennor? — So hat der Neid,
Dies ekle Thier an jedem Fürstenhofe,
Auch mich besudelt mit dem wilden
  Geifer?
Und meines Königs felsengleiche
  Freundschaft,
Mein festes Schloß, mein sicherstes
  Asyl,
Es fällt beim ersten Anprall schon in
  Schutt?
Philipp (finster). Seit Langem unter-
  grubt Ihr selbst die Mauern.
Als Euer Gatte starb, der gute Gomez,
Der sanfte Spielgenosse meiner Jugend,
Der Einz'ge, der mir wahrhaft treu
  gedient,
Seit meine Hand den Königsscepter
  schwingt, —
Gab ich die Neigung, die für ihn ich
  hatte,
Der Wittwe hin als bestes Wittwengut.
Und einen Platz hab' ich Euch einge-
  räumt
Zunächst dem Thron, wenn auch nur
  insgeheim,
So wichtig dennoch und so ehrenvoll,
Wie keine Frau hienieden je besaß,
Seitdem die Throne Gott, der Herr,
  geschaffen.
Doch hattet Ihr die heilige Ver-
  pflichtung,
Dafür zu sorgen, daß die große Gunst,
Die wir vor allen Frauen Euch ge-
  schenkt,
Nicht Neid und üble Rede wecken konnte.
Anna. Zeigt' ich, Sennor, je niedere
  Gesinnung?
Und quoll mein Rath, wenn ihn mein
  König suchte,
Aus kleinen Weiberlaunen je hervor?
Philipp. Im Kleinen wußtet Ihr Euch
  gut zu wahren,
Im Großen doch bewährtet Ihr Euch
  schlecht.
Die Frau, die Freundschaft nur
  uns widmen konnte,
Die Frau, die für unnahbar sich erklärt,
Im Pfuhl des Lasters sieht man sie
  versunken,
Ein ekler Anblick unserm ganzen Hofe.
Anna (aufgeregt). Das ist zu viel, mein
  König, allzu viel!
Das darf man keiner Francavilla
  bieten! —
O diese Escovedo's, diese Vasquez!
So haben sie den König ganz bethört,
So kunstvoll der Verleumdung Gift
  gebraut,
Daß meine Frauenehre ganz dahin!
Doch nicht so leichthin laß' ich mich
  vernichten.
In's Antlitz soll mir der Verleumder
  schau'n
Und Aug' in Auge seine Lügen stammeln,
Wenn ihm die Zunge nicht den Dienst
  verweigert.
Philipp (kalt). Der es gesagt, dem lag
  Verleumdung ferne.
Anna. So trug er tückisch böse Reden
  weiter?
Philipp. Zu Tag kommt oft die Wahr-
  heit wundersam;
Der Thäter selbst gab ungescheut sie
  kund,
Der Buhle, der in euren Armen
  schwelgte,
Er selbst verrieth sein freches Minne-
  spiel.
Anna (erstarrend). Antonio?
Philipp. Sonst Perez auch genannt,
Aus seinem Munde selbst vernahm es
  Vasquez.
Anna. Wenn dies nicht König Philipp
  zu mir sagte, —
Philipp (fortfahrend).
Als Perez auf dem Fest geheime Zwie-
  sprach'
Mit einem Frauendomino gehalten. —
  (Anna fährt zusammen.)

Wollt Ihr es läugnen, daß Ihr ihn
  geliebt?
Anna. Nun ja, nun ja, ich habe ihn geliebt,
Geliebt mit meines Herzens Feuer=
  gluten,
Ihm gab ich all' mein Sinnen, all'
  mein Fühlen! —
Als einst mich meines Königs Aug'
  erkor.
Da kannt' ich nur den Stolz, den Haß,
  den Abscheu
Und die Verachtung jeder Minnelust,
Womit mein heiß Gemüth sich ange=
  füllt
In allzu langer Ehe mit dem greisen,
Dem ungeliebten Gatten. Und ob auch
Umworben von dem Flor der Mannes=
  welt,
Stieß ich doch Kronen selbst mit Füßen
  weg.
Selbst König Philipp mußte —
Philipp (macht eine abwehrende Bewegung).
Anna (nach einer kleinen Pause). Herrschen
  wollt' ich,
Nicht lieben, denn wer liebt, wird
  unterthan
Die Macht, der Prunk, die tiefen Hul=
  digungen
Nicht nur der Freunde, auch der herb=
  sten Feinde, —
Das schien mir mehr als jedes Liebes=
  glück.
Mein Herz glich einem seelenlosen
  Steine,
So fest war es gefügt. Es zu er=
  schüttern,
Mußt' ein Antonio kommen, — und
  er kam!
Wie heiß ich ihn geliebt, was ich ge=
  than
Für ihn, um ihn zu heben, zu beglücken,
Ich konnt' es thun, doch sagen kann
  ich's nicht, —
Er war mir Alles, Alles, war mein
  Gott!
Philipp. Er aber hielt Euch nicht für
  eine Gottheit,
Wie das gerichtliche Verhör bezeugt.
Anna (aufbrausend). Mein König, dieser
  Spott!
Philipp (kalt). Er wandte sich
  (Doch viel zu spät) der treuen Gattin zu.
Anna. So war es, ja, doch mocht' ich
  es nicht glauben.
Nun aber weicht der Zauber und das
  Blendwerk,
Mit einem Schlag zertrümm're ich den
  Altar,
Auf den ich Thörin einst den Schwäch=
  ling setzte!
  (Kurze Pause, dann mehr für sich.)
Doch sein Verrath entriß ihn auch der
  Gattin,
Das träufelt Balsam auf des Innern
  Wunde.
Philipp (kalt). Weil Ihr so schnell er=
  kennt, daß Ihr gefehlt,
So laff' ich Gnade walten, Euch ge=
  stattend,
Daß in dem Kloster der Barfüßerinnen
Ihr heute noch Euch als Novize meldet.
Anna (auffahrend). Nein, keine Gnade,
  König! Strafe mich!
Hier nimm mein Haupt, ich geb' es
  gerne hin.
Geboren ward ich nicht zur Büßerin,
Entsagung stand an meiner Wiege nicht!
Drum von Gebet und Buße sprich mir
  nicht;
Mein Herz kennt Haß und Liebe nur,
  nicht Reue.
Philipp. Im här'nen Nonnenkleid und
  barfuß wandelnd,
Den Bußgebeten Tag' und Nächte
  widmend,
Wird bald der schöne, sünd'ge Leib
  verwelken,
Die Seele doch genesend neu erblühen.
Anna (eilt zum großen Tisch und nimmt
  schnell einen Dolch auf).
Viel lieber in das Grab, als in das
  Kloster! (Will sich erstechen.)
Philipp (hat ihr ruhig, aber rasch den
  Dolch entrissen).

Frau Herzogin, das ziemt Euch wahrlich nicht.
Dies für die Nonne der Barfüßerinnen!
(Nimmt ein Crucifix vom Tisch und drückt es Anna in die Hand).
Anna (steht eine Weile starr mit hocherhobenen Händen und wankt dann ab zur Thür links).
Philipp (schellt und geht rechts ab).

Vierte Scene.

Vasquez (tritt, als er sieht, daß Niemand da ist, durch die Mittelthür mit einer Schrift ein).

Vasquez (mit düsterem Ernst).
Hier der Befehl zu schleunigem Verhaft
Der Donna Tita, die für ihren Gatten
Die Priesterschaft selbst aufzuregen suchte.
Gewiß ein sehr strafwürdiges Verbrechen, —
Und doch will ich beim König für sie bitten,
Denn ihr nicht gilt ja meiner Rache Schwur,
Dem nicht nur Perez, nicht nur Perez, nein!
Nein, dem auch ich als Opfer fallen muß!

Fünfte Scene.

Vasquez, König (von rechts), Marques.

Philipp. Ihr übergabt dem heiligen Gericht
Die Ketzerin?
Vasquez (zögernd). Ich glaubte, Majestät,
Ein schwaches Weib —
Philipp. Vergaßt Ihr, was sie that?
Vasquez. Mein gnäd'ger König, nein, ich weiß es wohl, —
Doch ist sie eine treue Gattin, — und —
Mein gnäd'ger König knüpfte selbst den Bund.
In dem sie glänzt, ein Vorbild allen Frauen.
Philipp. Die Gattin ehr' ich, doch die Ketzerin
Darf ich nicht schonen.
Vasquez. Königlicher Herr,
So kann die Arme nicht auf Gnade hoffen?
Philipp Da hätt' ich auch Don Pedro schonen müssen
Und dürfte keine Hochverräther mehr,
Vasquez (zuckt schmerzlich auf).
Philipp (fortfahrend). Nicht Mörder, ja selbst Ketzer nicht mehr strafen.
Vasquez. Verzweiflung trieb die Aermste zu dem Wagniß!
Philipp. Und was treibt Euch, mich also zu bedrängen
Und in der Kirche Dienst so lang zu zögern?
Vasquez (erschrocken). Sogleich vollzieh' ich es.
(Geht gegen die Mittelthür.)
Marques (tritt ein). Don Luis bittet.
Philipp (winkt zustimmend).
Marques (ab).

Sechste Scene.

Vorige, Don Luis (durch die Mittelthür).

Luis (flüstert dem Vasquez einige Worte zu).
Vasquez (prallt erschrocken zurück und tritt bebend zum König).
O Tag des Unheils, o! — Mein gnäd'ger König,
Entsetzliches, Verruchtes ist geschehen, —
Der Hofalcalde mög' es selber melden, —
Denn ihren Dienst versagt die Zunge mir.
Philipp (finster). Hm, wahrlich seltsam, Don Matheo. — Was geschah,

Don Luis? Gebt uns den kürzesten
  Bericht.
Luis (seine Aufregung bekämpfend, eintönig).
  Entfloh'n ist Perez — und — durch
    meine Schuld.
Philipp. Ihr spracht nur wenig und
  doch viel zu viel.
  (Zu Vasquez.) Schnell wie der Wind
    sind meine leichten Reiter;
  Sie werden Spanien im Nu durch
    fliegen.
Luis. Es ist vergebens; das Gebiet von
    Frankreich
  Hat ihn schon jetzt in seinen Schutz ge=
    nommen.
Philipp (zu Vasquez). Er will mich
    täuschen, ordnet Alles an,
  Die Spur des Flüchtigen sogleich zu
    finden.
  Und Donna Tita, Vasquez, Donna
    Tita?
Vasquez. Mein König! Donna Tita
    floh mit Perez!
Philipp. Auch dieses Mannes Werk?
    (Auf Luis deutend.)
Vasquez. Ja, Majestät.
Philipp (zu Vasquez).
  Wie klein ist meine Macht, daß jeder
    Höfling
  Nach Lust und Laune sie beschränken
    kann. —
  (Zu Luis.) Und dennoch wagst Du
    hier noch zu erscheinen?
Luis (mit düsterem Ernst).
  Ich kam, um meine Strafe mir zu
    holen.
Philipp. Die sollst Du haben, streng,
    doch auch gerecht,
  Wie König Philipp die Verbrecher
    straft.
  (Zeigt nach dem kleinen Tisch.)
  Die Feder nimm und schreib Dein Ur=
    theil selbst;
  Vergiß nicht beizusetzen: »mit dem
    Beil.«
Luis (setzt sich und schreibt am kleinen Tisch).

Philipp (zu Vasquez, auf die Mittelthür
    zeigend).
  Vier Garden stellt ihm zur Bedeckung
    auf.
Vasquez (geht zur Mittelthür, gibt den
  Befehl und kehrt wieder zurück).
Luis (gibt das Papier dem König).
Philipp (lesend). Ganz recht der Form
    und auch dem Inhalt nach.
  (Geht zum größeren Tisch, unterschreibt
    und gibt es an Vasquez.)
  Ihr übergebt dies selbst dem Ober=
    richter;
  Und die Entdeckung Perez's nicht ver=
    säumt.
Vasquez (durch die Mittelthür ab).

Siebente Scene.
König, Don Luis.

Philipp. Den Degen fort, Du bist kein
    Ritter mehr.
Luis (legt den Degen auf den kleinen Tisch).
Philipp (kalt und streng). Ein offenes
    Geständniß vor dem Tode
  Bringt Deiner Seele Heil, sprich, ich
    befehl' es Dir!
Luis (ernst und langsam, dann allmälig
    wärmer und belebter).
  Ich habe immer das Gesetz geehrt,
  Und meinem König treu stets ange=
    hangen.
  Doch ein Gefühl erwacht im Jüngling
    plötzlich,
  Das seines Innern sich so ganz be=
    meistert,
  Daß alles And're in ein Nichts versinkt,
  Und ob Gewährung uns're Gluten
    lohnt,
  Ob die Versagung uns das Herz zer=
    reißt, —
  Die Allmacht solcher Liebe schwindet
    nicht.
  (Milder und schwärmend in Erinnerungen.)
  In früher Jugend schon ergriff sie mich,
  Da lag noch froher Lenz auf Tita's
    Antliß,

Des Glückes Rosen blühten auf den
    Wangen;
Damals glich Tita einem Gottesengel,
Den nicht der Erde Wirrniß noch be=
    rührt!
Philipp (finster). Der Teufel nimmt oft
    schöne Masken an.
(Er winkt Don Luis fortzufahren.)
Luis (mit leidenschaftlichem Affect).
Doch gestern Morgens, gestern Mor=
    gens! Oh!
Mein König! hätten Sie die schöne
    Frau,
Dies einst so stolze, wundersame Weib,
Geseh'n im Thränenbad, das helle Auge
Erloschen fast von Gram und von
    Verzweiflung,
Das bleiche Antlitz einem Grabe gleich,
Das jede Hoffnung, jedes Glück ver=
    schlungen;
Der Mund, granatenfrisch und pur=
    purn sonst,
Nun grau wie Blei und welk wie fah=
    les Laub, —
O König, wer da nicht in Mitleid
    schmilzt,
Der ist geschaffen nicht aus Erden=
    staub! (Kurze Pause.)
Philipp (macht eine ablehnende Geberde).
Luis (langsam, ruhiger).
Ich säumte nicht, ihr Hülfe zu ge=
    währen, —
Wer überlegt und prüft, kennt Liebe
    nicht.
(Wieder leidenschaftlich.)
Ich aber liebte sie mit Leib und Seele,
Ich aber liebe sie nun mehr als je,
Seit ich die größten Opfer ihr gebracht,
Die nur ein Mann dem Weibe bringen
    kann:
Mein Leben, meine Pflicht und meine
    Ehre. — —
Philipp. Was Du gesagt, genügt. Doch
    nun hinweg,
Fort, — zum Justizpalast. Im zwei=
    ten Hof —
Du weißt Bescheid dort — Deine
    Schuld zu sühnen.
Luis (ruhig und fest).
Ganz nach Befehl, o König, soll's ge=
    schehen,
Noch diese Stunde fällt mein junges
    Haupt.
(Ab durch die Mittelthür.)
Philipp. Der Thor; wie leicht wirft er
    ein Leben ab,
Das er viel rühmlicher verwerthen
    konnte.
(Nach einer Pause, sich gleichsam besinnend.)
Er soll hinüber nach Amerika,
So üpp'ge Kräfte braucht die neue
    Welt.
(Er geht zum großen Tische, schreibt, siegelt
    und schellt.)
Marques (tritt ein).
Philipp (gibt ihm das Papier).
In schnellster Eile dies dem Oberrichter.
Marques (ab.)
Philipp (geht einige Schritte auf und ab).

Achte Scene.

König, Vasquez (durch die Mittelthür).

Vasquez. Genau wird jedes Haus
    durchsucht, auch sprengen
Die Reiterschaaren schon zur Stadt
    hinaus.
Philipp. Die Ketzerin entfloh durch
    Euer Saumsal.
Vasquez (düster). Mit ihr der Gatte;
    keine Früchte reift
Mein Eidbruch mir; zwar Perez wurde
    schuldig
Befunden, aber schuldlos ward dadurch
Mein Vetter nicht, (etwas lauter) und
    meines Königs Huld
Verwelkt im selben Augenblick, als ich
Ihr schönstes Blüh'n für mich gehofft.
    Wie schmerzlich!
Philipp. Die Strahlen meiner Gunst,
    sie fallen nun
Auf Euch allein, und Niemand theilt
    mit Euch

Den Platz bei Hof, wo eh'mals Perez
    stand.
Doch laßt das Zweifeln künftig, laßt
    das Zögern.
Vasquez (trübe). Ja wohl, ich will es
    laffen, Majestät;
Ein Blick aus meines gnäd'gen Königs
    Auge
Zerstreut die Nacht, die meinen Geist
    umlagert,
Und auch der böse Wurm erstirbt
    vielleicht,
Der unabläſſig mir im Herzen nagt.
Philipp. Ihr weckt ihn thöricht, stets
    zu neuem Leben.
Vergeßt Ihr, daß ich Euch befahl, zu
    reden?
Daß jede Weig'rung Felonie gewesen?
Daß selbst der Priester Euern Schwur
    gelöst?
Vasquez. Dies Alles sagt mein Mund
    mir fort und fort,
Doch meine Seele bleibt dagegen taub.
Philipp. Schafft Euch der Pflicht Er-
    füllung kein Genügen,
Habt Ihr der Pflicht schon halb Euch
    abgewandt.
Vasquez. Ich brach den Eid und legte
    meine Ehre
Zu meines Königs Füßen folgsam hin
Philipp. Ich hob sie auf und gab sie
    Euch zurück,
Dazu des Perez' hohes Amt und
    Güter.
Vasquez. Mein Dank wird nur mit
    meinem Athem enden.
Und dennoch läßt der strenge, finst're
    Mahner
Hier in der Brust sich nicht zum Schwei-
    gen bringen.
Philipp. Was man gethan, das soll
    man nie bereuen,
Es sei denn eine Sünde wider Gott.
Vasquez (nicht darauf eingehend).
Des Spaniers Seele füllet Ehre ganz,
Sie ist der Hauch, der mächtig ihn
    belebt,
Und seine höchste Pflicht ist, sie zu
    wahren,
(Selbst Perez hielt sein mir gegeb'nes
    Wort)
Der Haß, der Neid und wilder Rache-
    durst,
Sie konnten nur für einen Augenblick
Den Sieg erringen über meine Ehre.
Mit Schaudern muß ich es an mir er-
    fahren:
Man kann ein treuer Diener seines
    Herrn,
Und dennoch ein nichtswürd'ger Schurke
    sein.
Philipp (auf Vasquez einen finsteren
    Blick werfend).
Seid auf der Hut! Wer Reue d'rob
    empfindet,
Daß seinem Fürsten treuen Dienst er
    widmet,
Der will die Treu' ihm brechen. Wahret
    Euch!
    (Rechts ab.)
Vasquez (allein). Da hilft nicht Fürsten-
    gunst, noch Priestersegen!
Wer ehrlos ist, dem bringt kein
    Königsmantel,
Nicht Inful, nicht der Papst die Ehre
    wieder.
Ich kann nicht, darf nicht, will nicht
    weiter leben.
Nur wenn ich ganz erfülle, was ich
    schwor,
Und meinen Degen tauch' in meine
    Brust,
Wird der gebroch'ne Eidschwur wieder
    ganz.
So halt' ich, ehrlos, fest an Ehre doch,
Und kann ich sie nicht lebend mehr ge-
    winnen,
Von meinem Grabe wird sie nimmer
    weichen.
    (An den Degen greifend.)
Komm du mein alter, vielerprobter
    Freund!
Was mir kein Fürst, kein Gott selbst
    geben kann:

Du gibst es mir, du gibst mir Ehre
wieder! (Durch die Mitte ab.)

Verwandlung.

(Stube in einer Hütte; links im Hintergrunde
und vorne rechts eine Thür, rechts eine Bank
mit Tischen und Stühlen, Schränke, links ein
Fenster; auf einem Schranke Waffen und
Bauernkleider, auf dem Tisch Teller und
Becher.)

Neunte Scene.

Tita (geführt von) Godo (tritt ein, hinter
ihnen) Perez.

Godo. Sennora, keine Furcht, des Kö-
nigs Häscher
Durchsuchten meines Sohnes Hütte
schon,
Ein zweites Mal kommt man wohl
nicht hieher.
Hier sind auch Bauernkleider und hier
Waffen.

Tita (besieht die Kleider und legt ihren
Ueberwurf ab).

Perez (nimmt sich Degen und Pistolen und
tritt dann hervor).
Des Kerkers Thor liegt hinter mir und
bald
Auch Spanien; schon weht der Frei-
heit Hauch
Aus Frankreichs grünen Hügeln mir
entgegen;
Schon seh' ich seinen König mich be-
grüßen,
Mich siegeslächelnd in die Arme schließen,
Frohlockend, daß ich ihm nun ange-
höre,
Und Spaniens finster'm Herrn den
Rücken wandte.
Du magst es bald erfahren, stolzer
Philipp,
So hoch und fest dein Thron auch stehen
mag,
Erschüttern wird ihn diese meine Hand,
Und wenn sich tausend Vasquez an ihn
klammern.
Und wenn uns auch die Pyrenäen
scheiden,
Wenn salz'ge Fluthen wogen zwischen
uns,
Mehr sollst du zittern doch vor mir,
dem Fernen,
Als wenn ich heimlich Dich in nächster
Nähe
Mit Gift und Dolch und Schwert be-
drohen würde!
(Kehrt zurück und führt Tita zur Bank,
seinen Mantel darauf legend.)
(Sanft.) Hier ruhe, liebes Kind, ein
wenig aus.

Tita (sich niederlassend). Darf ich denn
ruh'n, wenn Du noch in
Gefahr?

Godo. Wir können bald hinweg, es
dunkelt schon,
Auch ist das Stadtthor Penna nebenan,
Und Wache hat mein Bruder Claudio,
Der keinen König fürchtet, Euch zu
dienen.
Ich will noch nach den Pferden seh'n;
indeß
Stärkt Euch mit Speis' und Trank
zum langen Ritt.
(Links ab.)

Zehnte Scene.

Perez, Tita.

Perez (sich zu Tita setzend).
Du zitterst, Tita, zitterst, ach, für mich!
Wo Gattin, Freunde, Diener treu ver-
bunden
Zusammenwirken, gibt es kein Miß-
lingen.
D'rum nicht gezagt, denn aus des
Unglücks Nacht
Bricht bald für uns der schönste Mor-
gen an;
So glücklich, so voll Hoffnung war
ich nie.

Bevor jedoch der Rosse flücht'ger Huf
Auf immer uns von unserer Heimat
    scheidet,
Laß' mich zu Deinen Füßen, theure
    Tita,
Wie an dem Altar einer Heiligen,
Was ich bisher gedacht, gefühlt, ge=
    strebt,
Voll tiefer Scham und Demuth nieder=
    legen;
Denn umgestaltet fühl' ich jetzt mein
    Wesen,
Und Alles zeigt sich mir in neuem
    Licht.
Wie klein erschein' ich mir vor Deiner
    Größe,
Wie niedrig vor der Hoheit Deiner
    Seele!
O Tita, sprich, war es nicht Mitleid
    nur,
Das stets in treuen Frauenherzen
    wallt,
War's nicht der Gottesruf der Pflicht
    allein,
Der Dich vollbringen hieß, was Du
    vollbracht?
Die Pflicht begeistert oft zu großen
    Thaten!
Tita. Die Pflicht befiehlt, ich aber liebe
    Dich!
Seit ich Dich sah, gehör' ich Dir
    allein! —
Als ich zum ersten Male mein Dich
    nannte,
Mit meinem ganzen Sein mich um Dich
    rankte,
Du aber kalt und fühllos fern Dich
    hieltest,
Verzagt' ich nicht, denn eine inn're
    Stimme
Verhieß mir jene sel'ge Stunde, wo
Auch Du voll Liebe mein Dich nennen
    würdest.
Die Stund' ist da, Du liegst in meinen
    Armen,
An meinem Herzen nun für alle Zeit.
    (Umarmt Perez.)

Perez. Für alle Zeit! Du Theure, Herr-
    liche,
Hab' Dank für Deine felsenfeste Treue,
Hab' Dank für Deinen hohen Liebes=
    muth!
Von jetzt an biet' ich fürder Alles auf,
Zum Herren Deines Schicksals mich zu
    machen,
Nicht einen Wunsch mehr darf es Dir
    versagen.
Tita. Es gab Dich mir, und damit gab
    es Alles!
Perez. Von Deiner Liebe Macht ward
    es besiegt.
Tita (wehmüthig). Don Luis hat viel
    mehr gethan als ich.
Und welch' grau'nhafter Tod erwartet
    ihn! (Trocknet sich die Augen.)
Perez. Was ihm geschieht, ist seine freie
    Wahl,
Die Rettung bot, wie uns, auch ihm
    sich dar.
Beruh'ge Dich, mein Kind! Du hast
    so viel
Des Schrecklichen in kurzer Frist erlebt,
Und bist wohl mehr erschöpft, als Du
    es zeigst,
Und eine Labung thut Dir noth; ich
    will
Sogleich von Godo's Vorrath Dir
    kredenzen.
Tita. Nur einen Trank, der Kühlung
    mir verschafft.
Perez (steht auf und geht zum Tisch und
    sucht unter den Speisen herum
    und riecht zum Krug).
Die derbe Kost ist kaum für Dich
    geeignet,
Der Wein ist gut, vielleicht zu herb für
    Dich.
    (Schenkt aus dem Kruge ein.)
Tita (welche dem Perez zusieht).
Wie gut er ist, wie zärtlich und be-
    sorgt!
    (Die Hände faltend.)
Allmilder Gott! Voll Inbrunst dank'
    ich Dir!

O segne mich auch künftig! Laß' im
  Herzen
Antonio's immerdar die Liebe walten,
Der Myrthe gleich, die stets in Son-
  nenglut
Und Wintersturm ihr glänzend Grün
  bewahrt.
Perez (tritt mit einem Becher zu Tita).
Was sprichst Du, Tita?
Tita. Den besorgten Wirt
Lobt' ich im Stillen für sein gastlich
  Walten. (Tita trinkt.)
Perez (stellt den Becher weg und setzt sich
  wieder zu Tita).
Auch für die Holzbank und den Eisen-
  becher?
Bei Gott! Bei Gott! Nicht lange soll
  es währen,
Und meine Tita speist aus gold'nen
  Schüsseln,
Sie ruht auf Seiden- und auf Purpur-
  kissen.
Tita. Laß' doch des Prunkes und der
  Hoheit Träume.
Perez. Nicht Träume sind es, meine
  theure Tita;
Im Rath der Fürsten bin ich stets
  willkommen,
Und König Heinrich nimmt mich freu-
  dig auf.
Mit neuem Schwung wird meine geist'ge
  Kraft,
Auf andern Bahnen schreitend, sich ent-
  falten.
Und was der stolze und bedächt'ge
  Spanier,
Erlahmt in der Gewohnheit Banden,
  abweist,
Der leichtgemuthe Franke nimmt es an;
Und wie das Volk in Spanien mich
  liebt,
Soll's auch in Frankreich rühmen mich
  und preisen.
Tita (sanft). Da wirst Du meiner wieder
  ganz vergessen!
Perez (lebhaft). O nie und nimmer, mein
  geliebtes Weib!
Du bist von nun an mein geheimster
  Rath,
Du mein Gewissen, das ich stets be-
  frage.
Doch alles, was mein Wirken mir
  erringt
An Ruhm, an Macht, an Gütern und
  an Ehren,
Dich zu verherrlichen nur soll es dienen.
Tita. O laß' uns fern von lautem Glanz
  und Schimmer,
An stillem Ort, in kleinem schlichten
  Kreise,
Ganz uns und uns'rer neuen Liebe leben!
Perez. Kann Noth und Elend nur die
  Herzen ketten?
Nicht auch des Glückes gabenfrohe
  Hand?
Nein, Tita, neben Königinnen sollst Du
Als traute Freundin wandeln, stolz
  wie sie.
Tita. Ich bin ein liebend Weib, Antonio,
Und will geliebt nur sein, geliebt von
  Dir!
Perez. Bei Gott, ich liebe Dich, so heiß,
  so innig,
Wie je auf Erden nur ein Mann ge-
  liebt!
Doch Du bist müde, Kind, willst Du
  nicht ruhen
Und Dich erholen, bis uns Godo ruft?
Tita. Wohl muß ich das; doch sorge
  nicht; Du siehst
Mich bald erstarkt, den langen Ritt zu
  machen,
Der uns zu neuem Glück und Leben
  führt! (Wendet sich und schlum-
  mert ein.)
Perez (für sich). Ein starker Geist wohnt
  in der zarten Hülle,
Das zeigten mir die Stürme dieser
  Tage.

Elfte Scene.

Perez, Tita, Godo (von links herein).

Perez. Nun, Godo, können wir bald fort?
Godo. (Zuckt die Achseln.)
Perez. Du schweigst?
Godo. Es schwenkt ein Trupp von Hä=
  schern in die Straße.
Perez. Er kommt doch nicht hieher?
Godo. Wer weiß? Man sagt,
  Der König hab' auf's Neue die Durch=
    suchung
  Der Stadt befohlen.
Perez. Häscher sind nicht muthig,
  Auch sind sie nur mit Armbrust oder
    Spieß
  Bewehrt, wir aber haben hier Pistolen.
  Ein kurzer Kampf zerstäubt die ganze
    Schaar,
  Und eh' ein zweiter Trupp sich naht,
    sind wir vorm Thor.
Tita (springt auf). Antonio, was willst
    Du thun?
Perez. Schnell vom Gestrüppe säubern
    unsern Weg.
Tita. Und wenn Du fällst?
Perez. So sterb' ich schönern Tod,
  Als ich ihn je geträumt, den Tod für
    Dich.
Tita. Und ich, und ich? Was ist es dann
    mit mir?
  Ein Leben ohne Dich gibt es für mich
  Nicht mehr!
Perez. Ach, Tita, wo geräthst Du hin?
  Noch sind wir unf'res Schicksals Herrn
    und Meister;
  Schnell in die Kleider, Tita! — Godo
    komm,
  Denn besser ist's, wir greifen draußen
    an,
  Als daß wir hier uns überfallen lassen.
    (Will gehen.)
Tita (hält Antonio).
  Um Gott, Antonio! — Ach, Godo,
    gibt es
  Nicht einen andern Weg zur Stadt
    hinaus?
Godo. Ja wohl; die Hausflur dehnt sich
    bis zur Mauer,
  Und wer es unternimmt hinauf zu
    klettern,
  Gelangt mit frischem Sprunge rasch
    in's Freie.
  Doch die Sennora kann nicht solches
    wagen.
Tita (rasch). So wagt Antonio diesen
    Rettungsweg!
Perez. Ich gehe keinen Weg mehr ohne
    Dich,
  Und wenn er auch zum Paradiese
    führte!
  (Zu Godo.) Zum Kampfe nun!
  (Zu Tita.) Sei ohne Bangen, Tita!
Tita (Perez haltend). Antonio!
Perez. Nur nicht gezagt, mein Kind!
  Im Schlachtgetümmel mit den tapfern
    Mauren,
  Umschwirrt von Speeren, Pfeilen,
    Kugeln,
  Da gab es wohl Gefahr, nicht hier,
  Komm, Godo!
  (Er wendet sich gegen die Thür links; man
    hört das Knacken einer Arm=
    brust und Klirren einer Fenster=
    scheibe links.)
  O schändlicher Verrath! (Greift sich an
    die Brust.)
Godo (hebt einen Pfeil auf). Die schuft=
    gen Hunde!
Tita (eilt zu Perez).
  Mein Gott, Antonio verwundet?
Perez. Ja,
  Von diesem Pfeil, doch spür' ich kaum
    die Wunde,
  Der Dolch hier hemmte des Geschosses
    Kraft.
  (Zieht einen Dolch aus dem Brustwamms.)
Tita (ergreift hastig den Dolch).
  Oh gib ihn mir, geheiligt ist die Waffe
  Von Deines Engels unsichtbarer Hand!
Perez (erbittert). Hinaus und mitten in
    den Schwarm hinein!

Ich will den Schurken zeigen, was es heißt,
Heimtückisch einen Perez tödten wollen.
Tita (umfaßt Perez mit dem linken Arm).
O bleib'! Was nützt da Muth und Tapferkeit?
Perez. Ich will Dich schützen, Tita, will Dich retten!
Tita. Auf Deine Rettung denk', ich bin gerettet!
(Ersticht sich.)
Perez (Tita fassend).
Bei Gott, mein theures, heißgeliebtes Weib!
Was thatest Du, weh' mir, was thatest Du?
Tita (schwach). O klage nicht; an mir ist nichts gelegen,
Du aber sollst verbringen Großes noch,
Umschwebt von meinem Geist und meiner Liebe.
Ich sterbe gern, ich hab' in dieser Stunde
Durchlebt die Wonnen Deiner Ewigkeit!
O, mein Antonio! (Stirbt.)
Perez. Hilf, Godo, hilf! (Er läßt Tita auf die Bank nieder.)
Godo (schließt die Thür links ab und geht dann zu Tita).
Perez (sich über Tita beugend).
O Tita, nur ein Wort noch, höre mich!
So plötzlich scheide nicht von mir auf ewig! (Pause.)
Kein Athem mehr in diesem jungen Leib?
Dies schöne Saitenspiel so schnell verstummt?
Und mitten in dem herrlichsten Accord?
(Es wird von außen heftig an die Thüre links gestoßen.)
Godo. Sennor, schnell da hinaus! (Zeigt auf die Thür rechts.)
(Er hört mich nicht. (Rüttelt Perez.)
Leicht übersteigen wir die brüch'ge Mauer,
Ein kecker Sprung dann, und uns schützt die Nacht.

Doch schnell, Sennor, die Häscher sprengen schon
Die Thür.
Perez (auf Godo nicht achtend).
O meine Tita, Krone aller Frauen,
Ist es denn möglich? Faß' ich es?
Du todt?
Godo. Um Sie, Sennor, zu retten, starb Sennora,
D'rum nicht gesäumt, Sie können sich noch retten.
Soldaten (sprengen die Thür und bringen ein).
Godo. Es ist zu spät. Nun gilt es, sich zu wehren.
(Gibt dem Perez die Pistole.) Man will Sie fangen!
Perez (sich ermannend). Fangen, mich, den Perez?
(Die Pistole vorhaltend.) Wenn ich nicht selbst die Hand den Fesseln biete?
Ist wem sein Leben lieb, bleib' er mir ferne!
(Die Soldatenschaar an der Thür tritt rasch auseinander.)

Zwölfte Scene.

Vorige; König Philipp (in einen Mantel gehüllt, tritt langsam ein, hinter ihm Gefolge und Fackelträger).

Philipp. Willst Du, Verräther, Deinen König auch
Mit Mord bedrohen, um Dich selbst zu schützen?
Perez (männlich fest, doch ehrerbietig).
Nein, König, nein, das werd' ich nicht, denn heilig
Ist eines Fürsten Haupt; doch Deiner Allmacht
Zum Trotz, werd' ich den Weg zur Freiheit gehen.
Philipp. Versuch' es, wenn man Dich im tiefsten Kerker
Mit Hals und Händen an die Wand geschmiedet.

Es hat Verrath schon einmal Dich be-
    freit,
Daß nimmer es geschieht, werd' ich nun
    sorgen.
(Er winkt den Soldaten, auf Perez los-
    zugehen.)
Perez. Wer mich ergreifen will, der
    macht mich frei,
(Setzt sich die Pistole auf die Brust, die
    Soldaten bleiben wieder stehen.)
Und führt mich schnell zu meiner Tita
    hin,
Die für mich lebte und die für mich
    starb.
(Er wendet sich zu Tita, legt die Pistole
    weg, nimmt den Dolch und
    wendet sich wieder zum König.)
O könntest Du verzeihen und vergessen!
Nicht mir erblühte dann ein neues
    Glück,
Es wär' zu Deinem eig'nen Heil,
    o König!
Philipp. Vergessen und verzeih'n heißt
    neue Saat
Zu alten Sünden sä'n. Für Deine
    Dienste
Hab' ich Dich reich belohnt, wie Keinen
    noch.
Je tiefer aber Deine Dankbarkeit
In Deinem Innern Wurzel fassen
    sollte,
Um desto üpp'ger schoß Dein Undank auf.
Ja, einem Diener Gunst und Zutrau'n
    schenken,
Heißt eine Viper an die Brust sich legen.

Perez. Nicht Dir, o König, weiht' ich
    meine Dienste,
Es stand ein and'res Ziel vor meinem
    Geiste;
Doch das auch lockt nicht mehr, denn
    klar erkenn' ich:
Die Welt mit all' den Gütern, Aemtern,
    Würden,
Ist nur ein leeres, tolles Truggebilde;
Auch Du sammt Deinem Thron bist
    nur ein Wahn,
Der von dem Hauch der allgewalt'gen
    Gottheit
Zerstiebt gleich einer bunten Seifen-
    blase. —
Wohin ich schaue, Alles Trug und Alles
    Wahn,
Nur Tita's Liebe nicht, darum zu ihr!
(Ersticht sich.)
Philipp. Er richtete sich selbst; hinweg
    mit ihm!
Doch darf er ruh'n nicht in geweihter
    Stätte;
Dem Boden gleich gemacht wird sein
    Palast,
Sein Name aus der Granden Buch ge-
    strichen,
Und nichts mehr soll die Welt daran
    erinnern,
Daß Philipp einen Günstling je gehabt.
(Winkt den Soldaten, die Leiche Perez' zu
    nehmen und wendet sich zum Fortgehen.)

Der Vorhang fällt.

Schlußbemerkung: Rechts und links ist durchgehends vom Schauspieler aus zu nehmen.